百分百小孩

挫折不可怕

徐银玉 \ 编

廣東旅游出版社
GUANGDONG TRAVEL & TOURISM PRESS
中国 · 广州

图书在版编目（CIP）数据

百分百小孩：彩插图文版．挫折不可怕 / 徐银玉编．— 广州：广东旅游出版社，2016.10（2017.3 重印）
ISBN 978-7-5570-0528-3

Ⅰ．①百… Ⅱ．①徐… Ⅲ．①故事课－学前教育－教学参考资料 Ⅳ．①G613.3

中国版本图书馆 CIP 数据核字（2016）第 224516 号

出 版 人：刘志松
责任编辑：方银萍
内文设计：张志锋
内文插图：张小馨
封面设计：彭嘉辉
责任技编：刘振华
责任校对：李瑞苑

广东旅游出版社出版发行
（广州市越秀区环市东路 338 号银政大厦西楼 12 楼　邮编：510060）
邮购电话：020-87348243
广东旅游出版社图书网
www.tourpress.cn
武汉鑫佳捷印务有限公司
（武汉市江夏区藏龙岛科技园九凤街 6 号）
880 毫米 ×1230 毫米　32 开　4 印张　2 插页　102 千字
2017 年 3 月第 1 版第 2 次印刷
定价：10.80 元

现代家庭教育的难题，很大程度上来自于对旧有价值观念的打破。当我们有着相对单一且普遍认同的价值标准时，我们知道什么叫成功，也知道想要获得成功可以采用哪些办法。然而，随着价值观的不断多元化，今天的我们越来越不清楚什么叫作真正的成功，我们再也不可能信心满满地说出“棍棒底下出孝子”的古训。

所幸越来越多的年轻父母乐意为孩子的幸福童年——而不仅仅是远大前程——付出时间和精力，他们努力地在育儿书籍、网络平台、线下课程中寻求着育儿的“千金良方”。可无论是充满激情的“教育唤醒心灵”，还是行之有效的行为塑造，摆在年轻父母面前的难题常常还是自己的一厢情愿和孩子的无动于衷。似乎父母的努力学习和实践，并不能真正地带动孩子主动成长。

看过很多励志书，也见过很多成功事例，每个主人公的成长路总有些东西激励我们前进。每个人都不想成为失败者，然而现实中一个又一个人妥协和屈服了，在最好、最应该奋斗的青春年华走了弯路，为自己今后的发展挖了个大坑。

新东方创始人俞敏洪曾说过："青春其实跟三个'想'有关，叫作理想、梦想和思想。如果我们能够坚持自己的理想，追逐自己的梦想，并且探索自己独立的思想，我们的青春就开始成熟了。"

任何人都有一段路需要自己走，而理想、梦想和思想是这路上的光，是我们能够坚持下去的依靠。有阴影的地方，必定有光。如果你躲在阴影里不出来，就会成为它的一部分；如果你走到光下，就能看到更多的路。成长中，我们更应该看到希望，拥有爱，点亮爱，传递爱！

每个人心中都有光，只要你愿意照亮外界，温暖别人，就会有更多光照亮你自己，获得更多温暖。当你为美好而努力奋斗时，总有一天世界会转身爱你。

编　者

目录
CONTENTS

神奇的红色报春花

达尔文是英国著名的生物学家,进化论的奠基人。他曾进行过五年的环球旅行,对大自然有着深刻的了解,写下了对生物科学研究起着重大作用的《物种起源》。

达尔文小时候就对周围环境非常感兴趣,特别喜欢钻研问题。

一天,小达尔文跟着父亲到花园里散步,花坛里盛开着五颜六色的花,美丽极了。他见其他花有好多种颜色,而报春花只有黄色和白色两种,就对父亲说:"要是报春花也有很多种颜色,那该多好呀!"父亲笑着对他说:"你这个小幻想家,那怎么可能呢!"

过了几天,小达尔文对父亲说:"我已经想出了一个非常好的办法,我要变一朵红色的报春花送给你。"

父亲随口应道:"好好好,我的小宝贝,你去变吧,变出来的话,它将是我们英国第一朵红色的报春花。"又过了几天,小达尔文大声喊着跑到爸爸面前,把手伸到爸爸跟前说:"爸爸,你快看呀!"

父亲一看，捧在儿子手里的果然是一朵火红的报春花，美极了。

“小宝贝，你是怎么变出来的呢？”爸爸惊奇地问。

“研究出来的呗。”小达尔文骄傲地说，“你曾经说过，花每时每刻都在用根吸水，并且把水传到身体的各个地方去，于是我就想让报春花喝些红色的水，传到白色的花朵上，那么花不就会透出红颜色来了吗？昨天我折了一朵白色的报春花，把它插到红墨水里，今天它就变成红色的了！”父亲把儿子抱了起来，亲了又亲。

由于达尔文对大自然孜孜不倦的探索，他后来成为伟大的生物科学家。

JIAOYUTISHI 教育提示

善于发现的眼睛加上会思考的头脑，使达尔文成为了世界著名的生物学家。兴趣对于小朋友的成长是很重要的，许多著名科学家的重大发明创造都来源于儿童时期对事物的兴趣。同学们要善于将好奇心转化为浓厚的兴趣，通过观察、研究、刻苦坚持就能拿到通往成功之门的钥匙。

由盲童到著名诗人的蜕变

唐汝询十分聪明，三岁就跟着哥哥读书，众人都认为他长大后一定会成为一个通今博古的读书人。然而，人有旦夕祸福，他五岁时生了一场病，性命是保住了，却双目失明了。

母亲难过得直流泪："这孩子将来怎么办呢？"父亲伤心得直叹气，愁得说不出一句话。为了不让父母担心，哥哥们表示，等长大了会照顾弟弟的生活。

小汝询的将来要在一片黑暗中度过，他比谁都要伤心和悲观，觉得生活再也没有什么意义，甚至想到了自杀。过了一段时间，他的情绪逐渐稳定下来了。他想起听过的司马迁忍辱写《史记》，孙膑身残志不残的故事，心想：老是伤心于事无补，将来靠别人养活也不是办法，应该学些真本事，古人能做到的，我也一定能做到。想通了，小汝询每天就让哥哥们领着去书房，全神贯注地听他们读书，并把听到的文章和诗歌牢牢地记在心里。

开始时效果不错，哥哥们念的一些文章、诗歌，小汝询差不多都能背诵下来，可是时间一长，需要记的东西多了，有些东西就记不牢了。看来，光靠死记硬背是不行的。“怎么办呢？”他苦思冥想也想不出好办法。

一天，小汝询又在想办法，突然听到哥哥读书的声音。“太妙了！”小汝询高兴地大喊，把读书的哥哥都惊动了。原来，哥哥读的是太古人结绳记事的故事，小汝询受到启发，便决心学太古人来“结绳读书”。他仿照太古人的做法，在几根粗细不一的绳子上面打上各种各样的疙瘩，用来表示学习的内容，在没有人念给他听的时候，就自己摸着绳结，高声朗读。后来小汝询又想出个办法，用刀子在木板或竹竿上，刻出各种各样的刀痕当记号，记文章和诗歌效果很不错。几年以后，他已经能写诗了。

唐汝询一面学习，一面创作，一生写下了上千首诗，出了好几部诗集，成为明代著名的盲人诗人。对于一个双目失明的人来说，要取得这样的成绩，需要有多大的毅力呀！

JIAOYUTISHI 教育提示

唐汝询虽然双目失明，但他勤奋好学、坚忍不拔，他的这种拼搏精神值得大家学习。每个人在学习和生活中都会遇到各种困难，虽然这些困难会给大家带来痛苦，但我们不能被困难打倒，要积极地面对困难，拥有一颗战胜困难、追求成功的心，这样才会获得成功。

刻苦读书的典范

葛洪是晋朝的大学者。他小时候非常喜爱读书。但十三岁那年，父亲去世，家境破落，家中生活非常困难，根本没有钱买书。

为了读书，葛洪常常去拜访有书的人家，并好言求借，按时归还，从不拖延时间。就这样，他慢慢地也读了很多书。

书读得越多，葛洪就越想拥有自己的书。他想：我没钱买书，我可以抄书，把书抄下来，那我不就有自己的书了吗？

可抄书需要纸和笔，这钱从哪里来呢？葛洪想出了一个好办法，决定每天早上上山砍柴，用卖柴得来的钱买纸和笔。

从此，葛洪每天晚上点上蜡烛，一笔一画地认真抄写借来的书。正面写满了，就在反面抄。就这样，日复一日，年复一年，抄书的纸越积越厚，最后葛洪将它们装订成册。

啊！我终于有自己的书了！葛洪高兴极了。

后来，葛洪做了官，生活变得富裕了，但他仍然酷爱读书。

为了能够拥有更多的时间来读书，葛洪索性把官给辞了，回到家里潜心研究医学，致力于医学文献的收集整理。

葛洪除了从书中吸取营养外，还积极参与社会实践，读好“社会、自然”这本“大书”。他根据自己多年的亲身经验，治好了当时流行广东的“鬼气病”，被当地人称为“葛仙”。

葛洪一生孜孜不倦，撰书达二百余卷，其中有著名的《抱朴子》，书中不但记载了如何用矿物提炼丹药，还介绍了许多用植物治疗病症的方法，是我国不可多得的科学文献。

JIAOYUTISHI 教育提示

葛洪虽然生活条件困苦，但他具备一颗刻苦学习的心。学习是获得知识的根本途径，也是育人成才的重要条件。同学们应该从现在开始，从点滴做起，刻苦学习，不断进取，保持谦虚谨慎的态度和积极向上的心态，超越自我，用自己的激情与汗水写下人生的华美篇章。

张溥与他的七录书斋

明朝年间，有一个闻名八方的书斋——七录书斋，书斋的主人就是当时著名的文学家张溥。

张溥出生在一个书香门第家庭，但他小的时候并不聪明，甚至连一般孩子都不如。他的父亲本来希望他能读书做官，光宗耀祖，可见到张溥这个样子，就唉声叹气，显得非常失望。

但小张溥是一个有志气的人，并没有因为自己的天资不如别人而灰心，总是努力想办法来弥补自己的不足。

一次，在读书时，小张溥偶然发现一篇介绍董遇读书经验的文章，上面说："书读百遍，其义自见。"

他很受启发，心想："对于一篇文章，如果能保证读一百遍，难道还不行吗？"从此，每天放学后，别人都去玩了，他却在大声地背诵文章。口渴了，舀一勺凉水喝；嗓子哑了，就把声音放低……背了一段时间，已能基本连贯地背诵出文章来了，他感到很高兴。但还有一个问题，就是前一天背过的东西，到第二天就又忘得差不多了。张溥很着急，继续寻找更为有效的办法。

有一天，先生叫张溥背书，他没有背出，先生就罚他把文章抄写十遍。晚上抄完十遍，已是半夜了。第二天，张溥把罚抄的文章交给先生，可先生还让他把文章再背一遍。没想到，这一次他竟然把文章顺利地背下来了，先生听了很满意。

在回家的路上，张溥想，这是为什么呢？难道是抄了十遍的原因吗？他决定用这个方法试一试。

于是，和昨天一样，张溥先把文章读一遍，然后再抄一遍。就这样，等他抄到第五遍的时候，就觉得已经能够复述全文了。他继续抄，当抄到第七遍的时候，不仅领略了文章的意思，而且还能熟练地背诵。他高兴地放下笔道："原来真是'好记性不如烂笔头'呀！"

张溥终于找到了提高记忆力的办法。从此以后，他坚持不懈地抄书背书，学到了很多知识。后来，他为了勉励自己，就把自己读书的屋子命名为"七录书斋"。

JIAOYUTISHI

教育提示

从张溥的"七录"记忆法中我们可以得到启示，那就是天资不足并不可怕，因为天道酬勤，只要大家不畏惧困难，在学习上刻苦钻研，持之以恒，就会有所收获。

颜琛拒不见师

孔子很喜欢一个叫颜琛的弟子，因为他非常聪明，悟性极高。

颜琛也很尊敬孔子，经常向孔子请教问题。

一天，颜琛又拿着本书来找孔子，走到房门口时听见孔子正与东门长老聊天。

东门长老说："总听您夸颜琛聪明，我想他将来会很有出息吧？"

孔子叹了口气回答说："他的确很聪明，可惜不肯下苦功夫读书，我从没指望他能有什么大成就啊！"

颜琛听到这话，脸"腾"地一下红了，转身跑回宿舍，留下一张字条"三年后再见"，然后打起行李就回家了。

到家后，他一头扎进书房用起功来，心里暗下决心：将来一定要让老师看看，我到底有没有出息。

转眼就是一年。

一天，颜琛的妻子跑过来说："来客人啦！"

颜琛生气地说："不是说过谁也不见吗？"

妻子说："是尊敬的孔老先生啊！"

颜琛不为所动："就说我不在家。"妻子只好按他的话回复了孔子。

第二年年底，孔子又来了，颜琛仍然拒不接见。孔子微笑着告辞了。很快三年期满。

这天还没等妻子开口，颜琛就问："是老师来了吗？我去迎接。"

说完兴冲冲地迎到门外。原来东门长老也一起来了。

孔子考查了颜琛的学问，只听他对答如流。颜琛说："三年前我听到了你们的谈话，正是这些话激励着我努力上进。"

孔子哈哈大笑："我见你聪明，有志气，只是不爱独立思考，才跟长老定下这条计策啊。"

JIAOYUTISHI 教育提示

成才不仅仅靠聪明智慧，还要有坚持学习的毅力。颜琛没有因为孔子的逆耳之语而颓废消沉、自暴自弃，反而振作起来，激发出了自己最大的潜力。这告诉我们，人生道路上无论遇到什么挫折，都要积极向上，全力以赴将挫折转化为动力，成就自己的辉煌人生。

“蜡烛少爷”寇准

寇准是北宋时期一位很有学问的人，是我国古代著名的宰相。

寇准不到六岁就已经开始读书写字了，他学习非常用功，不仅白天读书写字，晚上还继续点着蜡烛读书，从不浪费一点时间。

有一天深夜里，他的母亲一觉醒来，发现寇准的卧室里竟然还亮着灯，母亲心里想：“这么晚了，他怎么还没睡呢？”

母亲便来到寇准的卧室，发现他还在聚精会神地读书。母亲看他不分昼夜地读书，担心他累坏了身体，于是就把蜡烛给熄灭了，并命令他去睡觉，而且还规定：从今天开始，寇准每天晚上只准用一根蜡烛，用完了就得去睡觉。寇准口头上答应了，背地里却瞒着母亲去向仆人要。

刚开始，仆人们还以为小少爷要蜡烛只是拿去玩，就没当回事。时间长了，仆人们见寇准老是来要，便有些奇怪地问他：

“小少爷，你不向老爷要蜡烛，为什么总是来向我们要呢？”

寇准向仆人们说明了理由，于是仆人们亲切地称他为“蜡烛少爷”。

寇准的母亲以为儿子反正只有一根蜡烛，夜里读书不会读得太晚了，因此，以后夜里也不太注意寇准什么时候睡觉了。

这样，寇准就当了很多年的“蜡烛少爷”，多读了许多书。

由于刻苦读书，寇准积累了丰富的知识。十九岁那年，他因为学识出众，受到皇帝宋太宗的赏识。

JIAOYUTISHI 教育提示

寇准没有因为母亲的阻挠而放弃在夜里读书，最终积累了丰富的知识，得到了皇帝的赏识，实现了自己的人生理想。寇准的故事告诉我们，要学会珍惜时间，勤奋学习，用时间让自己的生命焕发光彩，创造出属于自己的美好未来。人生是有限的，如果同学们想要实现自己的人生理想，就必须抓紧时间学习，不要把精力放在玩儿上，因为浪费时间，就是在浪费生命。

献身科学的动物学家

许多科学工作者为了造福后代子孙，不惜一切，甚至献出自己的生命，为全人类作出贡献。美国芝加哥自然博物馆研究员、著名的动物学家卡尔·施密特博士，就是千千万万为科学事业献身的人中的一个。他以生命作代价，完成了一次特殊的实验。

那天下班时间到了，其他研究员都走了，只有白发苍苍的卡尔·施密特先生还在实验室里。

他正仔细地观察关在笼子里的南美洲毒蛇。这是一条非常大的、灰色的蛇，它像盘着的绳子一样，蜷在笼子里，盘了五六圈，小小的三角脑袋时不时地抬起来，细丝般的舌头不时伸出来，三角眼里还透出令人恐惧的凶光。

施密特先生一点儿也不怕，在蛇周围认真观察它的外形、特点，并与当地的蛇种进行比较。他打开笼子，抓住蛇头，把它拿出来，用针扎进它的皮肤，准备取一些血化验。

突然，意外发生了：凶狠的蛇趁施密特先生不注意的时候，一口咬伤了他。鲜血立刻从伤口流了出来。

施密特先生拼尽全力捉住蛇，把它重新放进笼子里锁好。

这时，施密特先生感到伤口一阵阵疼痛，他连忙抓起身旁的电话机，却打不通，助手又没有在身边。他想："完了，怎么办？就这么死去吗？不！我应该再做些什么……"

他十分清醒地用绷带把伤口包好，把体温表夹在腋下。"我应该把这次特殊的实验记录下来。"他决定为后人留下一份宝贵的实验记录。然后施密特先生拿出实验记录本，把手表放在眼前，像往常一样认真仔细地把每分每秒的感觉都详尽地写下来："体温很快升到了三十九点五摄氏度……胃剧痛……"

施密特先生那布满皱纹的脸上淌着汗水，脸上的肌肉也不断地抽动着。他感觉到从来没有过的燥热，想喝口水……

突然，他什么也听不见了，耳朵里像有什么东西在发出噪声，但他还是顽强地记录着："睁开眼时，眼皮疼……快四个小时了……"

时间啊，你慢些走，让博士完成他最后一个实验，实现他的心愿。不！时间你快些走，让老人在生命的最后一刻不要再受到痛苦的折磨……

时间依然不紧不慢地走着，老人的伤口、鼻子和嘴开始流血，血染红了衣服，滴在实验记录本上："我已经看不清体温表了……疼痛消失了，软弱无力，我想脑开始充血了……"

在被蛇咬伤五个小时以后，这位可敬的老人，这位伟大的科学家去世了。

在生命的最后一刻，他给后人留下了宝贵的实验记录，为科学事业贡献出了全部力量。

JIAOYUTISHI 教育提示

著名动物学家卡尔·施密特博士以生命作为代价，进行了一次特殊的实验，完成了一份用鲜血染成的报告。他不怕牺牲的高尚品质，为人类的科学事业留下了宝贵的财富，他对梦想的执着追求，对工作的高度责任感，对全人类博大的爱，值得我们崇敬。生命是短暂的，同学们应该珍惜今天的学习时光，努力拼搏，让自己的每一天都过得充实有意义，让我们的生命绽放华美的光彩。

陶侃搬砖的故事

陶侃是东晋著名的政治家和军事家，为稳定东晋政权，立下赫赫战功。

陶侃曾是王敦的部下，立过很多战功，但王敦因听信了小人的谗言而没有重用陶侃，把他调到了南方的偏僻地区。

即使因猜忌而受到不公平的待遇，陶侃也没有灰心丧气而去过悠闲的生活。他时时刻刻都在准备着，希望能有机会为国效力。每天早上，陶侃一起床，做的第一件事就是运砖。

他把100块砖从书房运进院子里，到了晚上，他又把100块砖再运进书房。

陶侃手下的人对此感到奇怪，于是就问他为什么这么做。

陶侃说："虽然我现在被贬官了，但我不能因此就自暴自弃，我怕安逸的日子过久了，自己会懒散起来，所以就经常运动，磨砺自己的意志，这样以后才能担负起国家赋予我的重任。”

后来，王敦被撤了职，陶侃又被召了回去，并升了官，可陶侃为官仍然十分小心谨慎，生怕有所疏漏。衙门里大大小小的事情，他都要认认真真地亲自检查，从来都不放松。

有一次，陶侃在郊外巡查，看到一个人手里拿着一把还没有成熟的稻穗，一边走一边摇晃着。陶侃大声训斥了他，命令手下的士兵把这个不爱护庄稼的人捆起来狠狠地鞭打了一顿。

陶侃的行为激励了当地的百姓，于是他们更加勤恳地种田。在陶侃的治理下，当地的百姓过上了丰衣足食的生活。

JIAOYUTISHI

教育提示

陶侃是东晋的名将，但却被上司猜忌，受到了不公平的待遇。身处逆境的陶侃没有自暴自弃，而是勇于克服困难，在自己最失意的时候也不放弃理想，坚定自己的信念，并严格要求自己，这是难能可贵的。陶侃的故事告诉我们，切不可沉迷于安逸生活、丧失意志，要让自己始终处在勤奋学习中，方能有所作为。

四处“寻宝”的李贺

唐朝著名诗人李贺，是中国诗坛上不可多得的才子，人称“鬼才”。

李贺七岁就能作诗，到十几岁时，就能出口成章了，当时没有人不夸奖他。

李贺虽然才高八斗，学富五车，但他的诗也不是很容易就作出来的，而是通过刻苦努力，一点一滴积累而成的。

为了搜集创作素材，常常太阳还没有从东方升起，李贺就背着一个口袋，骑着毛驴，到荒郊野外漫游，一边走一边观察周围的景色，以捕捉灵感。一旦触景生情，想出好的诗句，他便立即写在纸条上，然后把纸条放进口袋里。

起初，母亲没有当回事，以为李贺是出去玩耍。可后来见他一年四季天天出去，这才引起注意。等问清他是外出搜集写诗的材料后，母亲便关心地说：“这倒是件有意义的事情，不过，今后要注意休息，不要天天如此，隔三岔五就行。”

李贺说：“孩儿明白了。”

话虽这么说，他仍然天天早出晚归。他的身体本来就比较单薄，经过风吹日晒，加上吃得不好，睡得也少，脸蛋儿变长了，变黑了。

母亲非常心疼，劝他停下来，但他不肯放弃自己的追求。

就这样，李贺终于成为唐代著名诗人。他的诗风格独特，对后世有很大影响。

JIAOYUTISHI 教育提示

李贺是个苦行诗人，他为了写出好诗，每天四处游走，观察景色，积累素材。经过长时间的努力，终于成为唐代著名的诗人。李贺的故事告诉我们，知识在于积累，需要多思考，多练习，“三天打鱼，两天晒网”是不可能取得进步的。所谓天道酬勤，只有平日里努力练习，才能在关键的时候做到厚积薄发，取得好成绩。所以同学们在今后的学习中要有耐心和毅力，不断努力，持之以恒，才能有所收获。

在芭蕉叶上写字的人

唐朝开元年间，有个以写“狂草”著称于世的大书法家，名叫怀素，怀素本姓钱，湖南长沙人。他很小就出家为僧，法号怀素。

怀素从小就喜欢书法，每天除了念经就是练字，常常是从早练到晚。有时练得兴起，竟忘记吃饭和睡觉。但怀素的家里很贫穷，没有钱买更多的纸，这令他十分苦恼。

一天，怀素又没有练字的纸了，他坐在窗前，呆呆地望着外面的芭蕉树出神。

一阵风吹来，看着舞动的芭蕉叶，他心里一动，忽然想起郑虔用柿叶练字的故事。

他想，南方没有柿叶，但有宽大光滑的芭蕉叶，这不是最好的天然纸张吗？

怀素立刻欢跳着跑出去摘了一片芭蕉叶，拿回来试写了一下，效果还真不错。

可惜寺庙周围芭蕉树不多，芭蕉叶没有多久就用完了。怀素又发愁了。

后来，怀素向师父提出，要在寺院前开一片荒地种芭蕉树。师父很支持他。于是怀素开荒种了一万多棵芭蕉树。

谁曾想，芭蕉叶虽好，可是一到冬天就没有了，因此年年都会出现周期性的“纸张危机”。

于是怀素又开动脑筋，想出了一个新的好办法。他找来一块硬木板，把它刨平整后，刷上油漆，当纸练字，写完一版，就用湿布擦掉，再接着写。

这硬木板可比芭蕉叶强多了，再也不用担心没有写字的纸了。

怀素就在这硬硬的木板上，用软软的笔，日复一日、年复一年地写着，久而久之，竟把木板写穿了。

就这样，这位小和尚克服困难，终于成为我国著名的大书法家。他的草书独树一帜，被称为“狂草”。

JIAOYUTISHI 教育提示

怀素的故事告诉我们，一分耕耘，一分收获，只有勤奋刻苦，才能获得成功。写字是小学生每天都要做的事情，因此，大家应该珍惜每一次练习写字的机会，将字写好。这样长期坚持下去，就能使人养成沉着、冷静、耐心、专注的良好习惯。只有坚持下去，才能离成功更近一步。

在寺庙勤学苦读的刘勰

《文心雕龙》的作者、我国南北朝时期伟大的文学理论家刘勰，小时候就很爱读书，但因父母相继去世，他独自一人过着孤苦伶仃的生活。

小刘勰白天上山打柴，晚上回家读书。因为家里太穷，买不起油点灯，他便跑到离家很远的寺庙里去借着佛灯的光读书。

一天，小刘勰正在专心地读书，忽然听到身后有声音，他转身一看，原来是寺庙的住持正站在他的身后看着他。

原来，寺庙的住持在巡夜时，听到寺中有人在笑——这是刘勰读到书中的可笑之处，禁不住发出的笑声。

刘勰见住持站在身后，很不好意思，忙起身施礼。住持问明情况后，就对他说："孩子，我不怪你，如果你愿意，就留下来跟我读书吧。"

刘勰听后感激万分。原来，住持也是一位酷爱读书之人，他博学多才，藏书万卷。见刘勰如此好学，住持被感动了。

经过十年的苦读，刘勰通读了诸子百家的著作，积累的知识越来越多。

书读得多了，对前人作品的成败得失也就有了自己的独到见解。他觉得以前的一些文学理论著作有些不足，有的理论片面，有的缺乏考证，于是他决定自己来写一本文学理论著作。

住持对刘勰的想法非常赞成和支持。自此刘勰夜以继日，呕心沥血，专心著书，用了五年的时间把自己的一些见解一一写下来，并把手稿拿给住持看，得到了住持的夸奖。

就这样，在住持的大力支持和帮助下，刘勰终于写成了一部关于文学理论方面的著作——《文心雕龙》。

JIAOYUTISHI

教育提示

刘勰自幼家贫，没有条件读书，但他却想方设法勤学苦读，最终成为著名文学理论家。刘勰的故事告诉我们，学习条件和生活条件艰苦并不能成为学习的障碍，缺乏条件可以创造条件。学习的关键在于愿意学习以及拥有顽强的意志。同学们要珍惜当下的美好生活，认真学习，并坚持下去，不能半途而废。

神奇的“警枕”

司马光是北宋著名的政治家、文学家和历史学家。司马光小时候并不是很聪明，背课文记生字，总是没有别人快。于是，他多念多背，别人背两遍三遍，他就背五遍六遍，甚至九遍十遍，直到能够流利地背诵了，他才肯休息。

为了多学一些知识，每天放学后，司马光也得挤出时间来读书。特别是晚上，玩耍一阵后，他便读起书来，而且读到很晚。到第二天，他还比别的同学起得早，进行晨读。

有时白天读书太累了，晚上睡得又晚，常常睡过头，耽误了早晨读书，司马光常因此责备自己。“用什么办法来解决这个问题呢？”司马光暗暗琢磨着。他想让母亲叫醒自己，但母亲心疼他，不忍心看见他读书读得这样苦。

有一天，司马光看见后院的一段圆木头，灵机一动，心里说：“有办法了！”

司马光锯了一段碗口粗的圆木头，剥去树皮，削去树节，放在床上当枕头。圆木头又圆又硬，枕着它睡觉，一翻身，圆木头就滚到地上，头就会跌在床上，把他惊醒。这样，他就可以继续读书了。

时间长了，司马光和木枕头还有了感情，并亲切地称它为“警枕”。

不久，他母亲发现了木枕头，就问司马光用它来干什么，他自豪地说：“母亲，这是我的‘警枕’呀！”

他母亲听了，感动地说：“好孩子，用功读书是好事，但也不要累坏了身体呀！”

就这样，司马光利用“警枕”，早起晚睡，发奋学习，获得了丰富的知识，十五岁就已博览群书了。后来经过十九年的努力，司马光主持编撰了二百九十四卷、约三百万字的历史巨著——著名的编年史书《资治通鉴》。

JIAOYUTISHI

教育提示

司马光经过多年的勤学苦读，学习到了丰硕的知识，为以后的著书立说打下了坚实的基础。他用“警枕”来学习，是一种自我激励、自我鞭策的好方法。这种方法让我们明白了学问是要靠勤奋好学和自立自强得来的。同学们要向司马光学习，珍惜时间，多做些有意义的事情，早日成为建设祖国的接班人。

点亮生命的蜡烛

我国春秋时代的晋国有个著名的乐师，名叫师旷，尽管他从小双目失明，但仍十分刻苦地学习各种知识。为了学点真本事，他认真钻研音乐，弹奏古琴，而且弹得十分优美，深受人们的喜爱，国君晋平公也常常把他叫到身边听他弹琴。

这一天，师旷又为晋平公弹琴，听到晋平公不停地叹气，便停下来问道："国君有什么心事吗？为什么老是叹气？"

晋平公长叹一声说："我年轻的时候没有很好地学习，现在越来越觉得自己的知识不够用了。我很想再学些东西，可是我已经七十多岁了，恐怕太晚了，怕也没有意义。"

师旷听后，反问晋平公："学习没有早晚，既然你已经意识到晚了，为什么不赶快点起蜡烛来呢？"

晋平公没有理解师旷的意思，以为他在开玩笑，便生气地说："大胆！我和你说正经事儿，你反而拿我开玩

笑,你不觉得有失君臣之礼吗?”

师旷听了,忙站起来解释道:“大王息怒!我是个瞎子,怎么敢和国君开玩笑呢?我曾听人家说过这样的话:少年时期热爱学习,就像早晨初升的太阳,前途无量;壮年时期热爱学习,就像中午的太阳,同样能大有作为;到了老年才下决心学习,那就好像晚上点起蜡烛。烛光虽然比不上太阳光,但有了这点光亮,总比摸黑行走要强得多啊!”

晋平公听了,连连点头称是:“高见!高见!你说得太好了!我听你的,赶快‘点蜡烛’。”

从此,晋平公抓紧一切时间勤奋学习,果然学到了许多知识,弥补了年轻时知识的不足,对他处理国家大事很有帮助。

JIAOYUTISHI 教育提示

年迈的晋平公感觉自己的知识不够用了,他想学习却又有些犹豫,因为他已经很老了,怕时间来不及,但在乐师的劝说下,他坚定了自己“活到老学到老”的信念。其实,学习是没有止境的,不管到什么时候学习都不会晚。同学们要抓紧一切时间学习,用有意义的事情填满自己的时间。同时学习要有毅力,找到最正确的学习方法。

胸有成竹

文与可是宋代著名的画家，他从小就喜欢绘画。长大后为了画好竹子，了解它们在不同季节、不同环境中的形态变化，他就在自己院后的山上种了一片竹子。

每天他都要去观察竹子，无论是严冬，还是酷暑，从不间断。他对自己说，不要怕辛苦，如果不真正熟悉竹子，怎么能画好它呢？但是，他没有看到过积雪压竹和竹子宁折不弯的姿态，感到非常遗憾。对此他一直耿耿于怀，一到冬天就盼着下大雪。

一个冬天的早晨，睡梦中的文与可迷迷糊糊地睁开眼睛，发觉眼前特别亮，忙问身边的妻子是不是下雪了。当妻子告诉他夜里下了一场大雪时，他忙翻身起来，要去看雪。妻子按住他说：“你的病刚好，明天再看吧，这么大的雪，一时半会儿是化不完的。”文与可执意要看，妻子没办法，只好扶着他走到窗前。

文与可推开窗户，见漫山遍野白茫茫的一片，窗前的竹子有一半已被积雪覆盖了。他不由深吸了一口气，

忽然一阵寒风吹来，他不禁打了个寒战。妻子让他回床上躺着，可是，文与可哪里躺得住呢？他终于盼来了大雪，多想去看看野外的竹子这时是什么样子呀！

他知道，自己现在这个样子，妻子肯定不同意他出门，就想了个主意，让妻子去找医生，自己就可以趁她不在溜出去。

妻子走后，文与可就踏着厚厚的积雪去观察竹子。当他看到被积雪覆盖的大片竹林时，不禁兴奋地喊了起来，忙跌跌撞撞地向前奔去。妻子找医生回来，发现文与可没在屋里，猜想他一定是看竹林去了，就去找他。

果然，文与可像个雪人一样，正站在一大片竹林前发呆，直到妻子走到他跟前，他才发觉。

功夫不负有心人，因为文与可对竹子非常熟悉，所以画起竹子来便得心应手，终于成为画竹大师。

JIAOYUTISHI 教育提示

宋代著名画家文与可为了画好竹子，努力地去了解竹子在不同季节、不同环境中的形态变化，甚至在冬天的时候，拖着病体冒着大雪到竹林里去观察竹子。他的这种为达到目标不惧酷寒的精神实在令人钦佩，他严谨治学、严于律己的品格，非常值得我们当代学子学习和效仿！

刻苦读书的宋濂

宋濂是明代著名的大文学家。他小时候就十分喜爱读书，但因家里太穷，连吃饭都很困难，就更没有钱买书了，唯一的办法是向人家借书读。

他怕看了记不住，就把整本书或要点抄录下来。每抄完一本书后，宋濂就用心去背，直到背熟为止。他所读过的书，差不多都能背诵。

随着年纪的增长，宋濂的学问越来越渊博了。

为了取得更快的进步，宋濂还四处寻访名师，虚心求教。

他听说百里之外有一位老先生学识过人，便跋山涉水，登门拜访，虚心求教。在老师讲解时，宋濂总是专心致志，边听边想边记，对每一处他都要详加琢磨，做到心领神会。

一次，在拜师途中，宋濂艰难地跋涉于崇山峻岭之间。他背着行李，顶着凛冽的寒风，踏着厚厚的积雪，一步步往前走。宋濂脚步踉踉跄跄，不时跌倒在雪中。等

到赶到一家旅店时，宋濂已全身冻僵了，浑身披着白雪，只剩下一口气了。

功夫不负有心人，经过勤学苦读，宋濂成了当时一位学识渊博的大学者。他不仅主修了《元史》，而且还有《宋学士文集》等著作流传于世，在学术上作出了杰出的贡献。

教育提示

宋濂是一个谦虚好学的人。尽管家庭条件很困难，但是他没有放弃学习，这种不怕艰难困苦，求学上进的精神值得大家学习。随着社会的进步，国家经济的飞速发展，我们每个人都有到学校学习、读书的机会，同时学校的图书馆也给我们提供了很多课外阅读作品。同学们应该珍惜读书的机会，多学习科学文化知识来充实自己，为实现自己的人生理想而努力奋斗。

盲人荷马的故事

荷马很小的时候就双目失明了，这使他非常痛苦。有一次，他一个人默默地坐在海边的礁石上，谛听着大海的波涛声。忽然，一阵格外优美的声音从远处传来，开始是琴声，接着又听到一个人伴着琴声的歌声……又过了一会儿，歌声停止了，荷马感到这个人来到了他身旁。

荷马扶着礁石站起来，展开双臂抱住身旁这个陌生的歌手苦苦地恳求着："叔叔，叔叔，你为什么不唱了呀？那是一个我从来没有听过的最吸引人的故事，我想听下去。"

歌手用衣襟抹去荷马眼角的泪水，回答说："孩子，你的双眼虽然看不见了，但你的听觉却非常灵敏，我早就注意到，你是在用自己的心灵听我歌唱。"

说着，歌手把他心爱的四弦琴递给了荷马，亲切地说："这是每一个歌手都必须学会的乐器，孩子，让我现在就教会你。"

荷马依偎在歌手怀里，细嫩的小手指拨响了琴弦，

伴随着逐渐有了节拍的琴声，歌手为荷马唱完了那支只唱了一半的歌，那是一个在爱琴海的世界里流传了很久很久的故事……

有一次，腓尼基国王的女儿欧罗巴到海边去玩耍，被神王宙斯看上了。宙斯变成了一头公牛，走到他喜爱的欧罗巴跟前，请她坐上自己的背，然后便跳起来，飞奔到大海上。欧罗巴惊慌地看着无边的天空和海洋，问公牛：“古怪的牛，你究竟是谁？要把我背到哪里去？”

宙斯这才说出自己的名字，并告诉她：“我们将到克里特岛去，我爱你，我们将在那个美丽的海岛上结婚。”

后来，他们果然结了婚，欧罗巴生了一个名叫米诺斯的儿子，这个儿子就是克里特岛最有名的国王。欧洲的全称欧罗巴，就来源于米诺斯国王那位美丽母亲的名字。

歌手唱完了这个令人神往的故事，临走前告诉荷马：“孩子，如果你想成为一名真正的歌手，就必须走遍整个爱琴海世界，我们的祖先为我们留下的英雄故事太多了，把它们搜集起来，唱给我们的人民听，这才不愧是爱琴海的儿子啊！”

荷马听完，坚定地点了点头。当他还想对歌手说些什么的时候，歌手已经悄悄地离去了。荷马抚摸着歌手留下的四弦琴，脸颊上淌满了泪珠。从此，荷马走上了这位不知名的歌手为他指明的道路。

JIAOYUTISHI
教育提示

荷马是古希腊的盲人诗人。他的杰作《荷马史诗》在很长时间里影响了西方的宗教、文化和伦理观。荷马是一个盲人，但他没有向不幸的命运低头，而是以惊人的毅力，顽强的精神，走完了自己光彩的人生道路，成为一个知识广博，受人尊重的人。荷马的经历告诉我们，不管自己曾遭遇过什么不幸，都要热爱生活，奋力追求光明的未来。一个人只要胸怀远大的目标，并且为这个目标去不懈地努力奋斗，就不会受到客观条件的束缚，就会拥有无穷无尽的力量，就可以激发自己的无限潜能，获得成功。所以，请同学们珍惜现在的美好时光，奋发学习，走好当下的人生之路。

吴道子学习绘画

吴道子是唐代著名的大画家，画史上尊称其为“画圣”。

吴道子的家境贫寒，在他很小的时候，就离家当学徒，跟着工匠学绘画。

有一天，他画画很心烦，索性来到街上散心。

走到街头，他看见两个妇女正在烙饼，那熟练麻利的动作叫他看得津津有味。老年妇女坐在东头擀面饼，年轻妇女坐在西头烙饼。只见老年妇女用擀面杖挑起饼，信手朝烙锅方向一甩，那面饼从东头飞到西头，不偏不斜，正好落在烙锅上。

而年轻的妇女一边烧火，一边用竹片翻烙饼。

一会儿，烙饼熟了，她便用竹片把烙饼一挑，信手一甩，烙饼飞起来，正好落在旁边的竹筐里，而且叠得整整齐齐。

吴道子看得入了神。他禁不住问身边年老的妇女：“老奶奶，你们怎么会扔得这么准呢？”

老年妇女边擀面饼边笑着说：“这没有什么奇怪的，

只不过我们天天都干这活，干的时间久了，手也就扔得准了。”

听了这番话，吴道子深有感触：“看来无论做什么事，都要肯下功夫，功到自然成啊！”

从这以后，吴道子刻苦学画，终于掌握了熟练的绘画技巧，成为著名的大画家。

JIAOYUTISHI 教育提示

吴道子通过观看街边烙饼，悟出了一个道理，那就是无论做什么事，只要肯下苦功，不轻言放弃，就能功到自然成。经过不懈的努力，他最终成为一位大画家，被人们尊称为“画圣”。我们学习和吴道子学画也是一样的，只要肯下功夫，专心致志地做一件事，自然就有水到渠成的那一天。所以不管到什么时候，我们都要刻苦学习，不懈怠，不放弃，终能取得成就。

郑板桥在棺木里读书

郑板桥，江苏兴化人，清代著名的画家、书法家和文学家。他多才多艺，被世人称为“扬州八怪”之一。

郑板桥从小喜欢看书，可家里很穷，连点灯的油都买不起。

小板桥白天要帮爸爸妈妈干活，只有到了晚上才有空看书。

哪里有灯呢？这么好的时光如果用来睡觉，那真的是太浪费了！小板桥躺在床上睡不着，翻来覆去，苦思冥想。

有一天，小板桥跟妈妈到村外的古庙里去烧香，他看见菩萨面前一直亮着一盏油灯，心里别提多高兴了：这不就是一个读书的好地方吗？

从这以后，一到晚上，小板桥就到古庙的佛灯下，专心致志地读书。

一个寒冷的冬天的晚上，小板桥像往常一样又到庙里读书，读得入了迷，连庙外的风雪声都没有听见。一阵寒风吹来，他打了个寒战，这才意识到时间不早了，该回家了。

小板桥打开门一看，外面已经下了很大的雪，连回家的路都分不清了。

他想等雪停了再想办法回家，便披上菩萨身上的长袍，跑到有钱人家存放在这里的棺木里看书，不知不觉竟睡着了。

快到晚上十二点了，家里人见小板桥还没回家，很是担心，便去古庙找他。家人找遍了庙里的每一个角落，都没有找到他；喊他，也没有回声。这下可把家里人急坏了。

突然，有人发现一口棺木的外面露着一角长袍，赶忙跑过去看，结果发现小板桥双手抱着书，躺在里面睡得正香呢。

JIAOYUTISHI 教育提示

郑板桥自幼家境贫寒，为了能将晚上的空闲时间用在读书上，他想尽了办法。正因为他能珍惜时间，勤奋读书，最终取得了非凡的成就。郑板桥的故事给我们的启发是：要抓住生命里的每一分每一秒来学习，养成良好的读书习惯，并做到勤奋刻苦，持之以恒，这样才能取得丰硕的学习成果。

贾逵偷学

贾逵是我国东汉时期的学者。他在很小的时候就没有了父亲，母亲又体弱多病，贾逵五岁那年，村里有个学堂，离他家很近，学校里琅琅的读书声深深地吸引着贾逵。

贾逵看见其他的孩子都去上学，非常羡慕，就请求母亲让他也去上学。

母亲躺在病床上，心里十分难过。她对贾逵说："孩子，咱们家里穷呀，没钱给你交学费。"说完，母亲落下泪来。

贾逵的姐姐看到了这个情景，拉着贾逵走了出来，说："弟弟，我带你去学校看一下吧。"

可是学堂的学生都是交了学费才能进去的，学堂外竖着篱笆，不许人随便出入。

贾逵个子太小，看不到老师，于是他就搬来了一块大石头，站在石头上，透过学堂的窗户听起来，一边静听，一边跟着小声朗诵。

贾逵一回到家里，就把白天在篱笆旁听来的知识都记录下来。

以后只要一有时间，贾逵就蹲在地上，拿根草棍儿比比画画，练习老师教的字。

几年来，贾逵从未中断过学习。加上他从小就聪颖过人，到了10岁那年，贾逵就已经能把书读得很熟了。

由于无钱买纸，贾逵就把院子中的桑树皮剥下来当作写字板，有时还把字写在门扇或屏风上，边诵边记，不到一年的工夫，他就把《左传》和《王经》读完了。长大后，贾逵成了一个大学者。

教育提示

JIAOYUTISHI

家境贫寒的贾逵想要去学堂读书，但因交不起学费，他只能隔着篱笆偷听老师授课，凭着自己的聪颖和刻苦勤奋，他最终成了一个大学者。贾逵隔篱偷学的故事告诉我们，学习和生活条件的好坏并不重要，重要的是要具备一颗持之以恒、谦虚好学的心，只有这样才能取得好成绩，闯出一片属于自己的天空。

与命运抗争的贝多芬

贝多芬是德国伟大的音乐家，他一生命运坎坷、充满磨难，但他敢于向命运挑战，被世人称为“欧洲传奇式的人物”。

贝多芬从小就特别喜欢音乐，而且很有天赋，学习也特别刻苦，所以他跟父亲学音乐，进步很快，取得了很好的成绩。

1792年，贝多芬搬到了音乐之城维也纳，在那里他一边教音乐，参加演出，一边搞音乐创作，在当地已小有名气。

正当贝多芬在音乐的道路上踌躇满志、大显身手的时候，灾难却降临到他身上，他的听力越来越差，十几年后，几乎什么也听不见了。双耳的失聪，对于一位音乐家来说，真是太残酷了。

面对这突如其来的打击，他绝望了，想到了自杀。当贝多芬静下心来细想时，他想到了学生对他的热爱，人民对艺术的欢迎，音乐对人民精神的振奋，他重新振

作起来。

贝多芬是个坚强的人。他在双耳失聪的情况下，克服困难，继续创作。在研究海顿和莫扎特等先辈们的艺术成果的同时，他吸取法国大革命时期的音乐成分，创造出了新的浪漫派音乐，对世界音乐的发展产生了很大影响。

1804年春，贝多芬以坚强的毅力完成了《英雄交响曲》的创作。

贝多芬是个不屈不挠的人。虽然失去听力给创作音乐带来许多困难，但他能用心灵去感受音乐世界。他整日坐在琴边，一边弹奏，一边用笔记下头脑中闪现的音乐旋律。他用切身的体会，以及对人生的感悟，写下了一串串金子般的音符。就是在双耳失聪期间，贝多芬也不忘与命运搏斗，创作了一生中最伟大的传世之作《命运交响曲》。

JIAOYUTISHI 教育提示

虽然贝多芬双耳失聪，但他并没有放弃对音乐的追求、对命运的抗争，他锲而不舍、敢于反抗命运的精神值得我们学习。同学们在生活中总会遇到些挫折，我们应该像贝多芬一样用坚定的信念面对困难，用顽强的毅力实现自己的理想。

时间对每个人都是平等的

罗丹出生在一个非常贫穷困苦的家庭里。他很小的时候，就喜欢到处乱涂乱画，画他所看到的，画他所想象的。

小罗丹这么喜欢画画，所以过生日时，父母特意买了些绘画的铅笔送给他。他特别喜欢这些小礼物，有了它们，他画得更起劲了。

姐姐看他这么爱画画，就鼓励并支持他上学深造。可家里没有钱交学费，怎么办呢？姐姐经过多方打听，找到一所免费的工艺美术学校。

罗丹十四岁那年，在姐姐的帮助下，考上了这所学校。这所学校主要是培养技工和工艺人才。小罗丹想成为美术家，而工艺美术学校并不合他的胃口。只是因为这所学校免费，跟美术也有关系，所以，小罗丹还是非常高兴地去上学了。

学校每天只上半天课，小罗丹上完课，就跑到世界著名的卢浮宫，观看和临摹卢浮宫内那些名画。他第一

次看见这些名画时,激动得话都说不出来了。只在心里默默地对自己说:“他们画得多好啊!你的水平差远了,你一定要努力呀!”每天在卢浮宫观看和临摹,大大开阔了他的艺术视野和鉴赏水平,也坚定了他把画画好的信心。

小罗丹学习非常自觉。他除了上好每一堂课,还给自己增加作业量。课余时间,他总是带着画本,走到哪里,画到哪里,看见什么,就画什么。有的同学贪玩,不好好学习,他嘴上不说,心里却想:白白浪费宝贵的时间,多么可惜!

时间老人是公平的,他没有让罗丹的努力付之东流。罗丹刻苦勤奋,不屈不挠,一生创作了大量不朽的雕塑,为全世界所公认和敬仰。

教育提示

JIAOYUTISHI

小罗丹的梦想是成为美术家,于是他为这个梦想而努力,把所有的时间都用来实现梦想,最终他梦想成真。每个人都有自己远大的理想,但实现梦想的道路是充满荆棘的,如果没有坚定的信念、持之以恒的毅力是很难达到目的的。同学们如果定好了自己的人生目标,就要具备顽强的意志力,使自己成为一个勤奋、勇敢和富有创新精神的人。

孙敬：闭门悬梁苦读书

汉朝的大学问家孙敬小时候读书十分刻苦，可是家里很穷，没有钱买纸和笔，他只好用树枝当笔，把大地当作纸。白天用树枝在地上练字，晚上则坐在小油灯下读书。

孙敬天天如此，几乎把所有的时间都用在了学习上，所以一年到头很少外出。当他偶尔有事到集市上去的时候，人们就在他背后指指点点说："看，这就是'闭户'先生！"

一天夜里，他又坐在小油灯下读书。累了，起来走一走，活动一下；困了，就用凉水洗一把脸。夜深了，学习了一天的孙敬觉得头昏脑涨，眼皮沉得抬不起来。他揉了揉眼睛，走到水缸前，舀了一瓢凉水，擦了擦脸，又坐下读起来，可一会儿眼皮又抬不起来了。

老是用凉水洗脸也不是个好办法，那怎么办呢？读书吧，坐下就打瞌睡；睡吧，又觉得浪费了时间，实在太可惜。

孙敬想来想去，也没有想出什么好办法。猛一抬头，看见悬挂在梁上的一只篮子，他灵机一动，顿时有了个好主意。

孙敬立刻拿来一条绳子，把绳子一头系在梁上，另一头系在自己的头发上。他试了试，又把绳子系得短一些，以便他坐在小桌前读书时，绳子正好拉直。

孙敬把绳子系好后，就坐在桌边读起书来。一打瞌睡，头一低，绳子就拉紧了，头皮顿时像针扎般的疼，睡意一下子消失了，这样他又可以重新读书了。

这个办法真灵啊！孙敬高兴极了。

从此以后，孙敬每天晚上都用绳子把头发紧紧扎住，高高地悬在横梁上，坐在灯下埋头苦读。就这样，经过长期的悬梁苦读，孙敬读了不少书，终于成为汉朝一名大学问家。

教育提示

JIAOYUTISHI

为了在夜里读书时能保持清醒的头脑，孙敬想出了“头悬梁”的好办法。他的这种苦读精神实在让人敬佩，同时也值得我们效仿。学习需要勤奋，勤奋就是不懈怠，在现代社会，同学们面临着很多的挑战和坎坷，只有勤奋学习，才能在大千世界里找到属于自己的位置，让自己走向成功。

勤学苦练的书法家颜真卿

在我国的书法艺术中有一颗璀璨的明珠，世称“颜体”。它的创始人就是唐朝大书法家颜真卿。

颜真卿小时候很不幸，不到三岁父亲就去世了。从此他和母亲相依为命，在生活实在维持不下去的情况下，母亲不得不带他到外公家。

他的外公精通书法和绘画，就教他练习书法。可是外公家也并不富裕，甚至不能给他提供足够的纸张笔墨练习书法。

后来，颜真卿竟然从野外运来许多泥土，把它和成稀泥，用一把刷子蘸着在墙壁上练习写字。虽然学习条件艰苦，但他练得非常认真，墙上写满以后，就用水冲刷干净，然后继续在墙上练。

功夫不负有心人，这种练习方法不仅使颜真卿的书法大有长进，而且磨炼了他的意志。

为了能使自己的书法有所发展创新，颜真卿开始研究以前书法家的书法艺术。他不但学习了书法家褚遂

良的书法，还研究了王羲之、虞世南、欧阳询等书法名家的书法，并认真吸取他们的长处。

后来，颜真卿中了进士。在任殿中侍御史期间，他仍然坚持练习书法，并曾两次到洛阳虚心向当时的草书大家张旭请教。无论白天黑夜，严寒酷暑，他都没有间断过练习。

最后，颜真卿终于开创了书法艺术的新风格。他的书法艺术，正楷端庄雄伟；行书遒劲有力。人们把他的书法称为“颜体”，与柳公权的“柳体”并称“颜柳”。

JIAOYUTISHI 教育提示

唐代书法家颜真卿年幼时丧父，家境很不好，于是随母亲到外公家生活。精通书法和绘画的外公教导颜真卿学习书法，但因家境贫穷买不起纸张笔墨，他只能用刷子蘸稀泥在墙壁上练字，最终有所成，他的字体被称为“颜体”。颜真卿这种勤学苦练的精神值得大家学习。天道酬勤，命运总是掌握在那些勤勤恳恳的人手中。天下所有知识都是通过勤学苦练掌握的，没有捷径可走。要想有所成就，必须付出比常人多百倍千倍的努力。

视时间如生命的李铉

李铉是我国南北朝时期一位远近闻名的大学问家。他小时候家里很穷，到了上学的年龄，因为家里没有钱交学费，所以没法上学读书。每次他听到学堂里传来的读书声，心里就特别难过。

怎么办呢？他就向村里有藏书的人家借书来读。不过，他不能全身心地投入到学习当中，因为他还要帮家里干活呢。“我会把时间挤出来的。”李铉很有信心地想。

怎么挤呢？李铉首先把玩的时间利用起来。每次小伙伴们喊他去玩，他心里虽然痒痒，但想到学习的时间不够，都没有去。只有活干完了，规定的书目也读完了，他才去休息。

有时候，他边干农活，边思考学习中的问题，农活干完了，学习中的问题也解决了，做到了干农活、学习两不误。

秋收后，农活忙完了，李铉有了充足的时间看书学

习。他为了读更多的书,每天都读到深夜,没有睡过一个好觉。

有一天夜里,天上下起了鹅毛大雪,屋里冷得要命,冻得李铉手脚发麻。但为了读书,他全然不顾,一直读到深夜。时间长了,李铉渐渐有了睡意,可他硬是坚持着,他想:借书读很不容易,而且还有时间限制,一定要抓紧时间读完,争取多记多背。为了驱赶睡意,他故意打开窗子,让屋里再冷些。手脚冻得麻木了,他还是咬紧牙关坚持着,实在坚持不下去了,他才趴在桌子上打个盹儿。

李铉常常对自己说:“时间是挤出来的,学习的机会得之不易,一定要好好珍惜。”由于李铉时间抓得紧,十六岁的时候,他就读完了许多名著。经过十几年的刻苦钻研,年轻的李铉成了远近闻名的大学问家,受到人们的敬仰。

JIAOYUTISHI 教育提示

李铉开窗苦读的故事告诫我们:时间就是生命,浪费时间就是在虚度生命。既然我们懂得了时间的宝贵,就要珍惜时间,将时间用在有意义的事情上,使自己的生命充满阳光,缔造出属于自己的辉煌人生。

用努力摆脱苦难的作家

狄更斯出生在一个贫苦的职员家庭，从小勤奋好学，念书期间就多次获奖。

他爱好文学，尤其喜欢看各种小说。他对未来有无尽的遐想，幻想有朝一日能拿起笔来描绘这多彩的生活、多彩的世界。

可是，由于父亲欠的债太多了，却又无法及时偿还，继而被债主关进了监狱，母亲也无力独自养活几个年幼的孩子。

小狄更斯非常懂事，为了帮妈妈养家糊口，他不得不离开窗明几净的学校，来到又脏又乱、臭气熏天的鞋油作坊当童工。

他失学了，凄苦的生活，悲惨的命运，无情地打碎了他那美丽的幻想。

童工生活使狄更斯小小年纪便尝尽了人间疾苦。

他每天天不亮就起来，穿着破旧的衣服去上班，晚上天黑了才回来，骨头像散了架，还一脸油污。

令人敬佩的是，狄更斯虽然过着牛马不如的生活，但他没有忘记自己的理想，始终坚持自学。

没有时间，他挤时间，就是在干活的间隙里，他也不忘读书和写作；没有纸笔，他就在地上写，在心里琢磨。凭着坚忍不拔的毅力，狄更斯刻苦写作，走出苦难，一举成名，成为当时英国最有名的小说家。

JIAOYUTISHI 教育提示

成功并不能用一个人达到什么样的地位来衡量，而要根据他在迈向成功的过程中克服了多少困难和障碍而定。狄更斯的故事告诉我们，知识是从刻苦学习中得来的，任何成就都是刻苦努力的结果。狄更斯在极其艰难的环境下，通过自己的努力学习和坚强毅力取得了成功。我们今天的学习条件和生活条件都很优越，更应该把握住当下，勤奋学习，用辛勤的汗水浇灌自己美好的人生。

年轻的恩格斯

“弗里德里希来信了。”恩格斯的母亲拿着儿子的信，走进丈夫的书房。

父亲拆开信封，才看没几行，就把信丢到桌上，对着妻子吼道：“看看你的儿子一天到晚在想些什么！上帝啊，宽恕他吧。”

不知道内情的母亲看了看愤怒的父亲，而后战战兢兢地拿起信，只见信上面写着：“《圣经》上说，上帝在七天之内创造了整个世界，可是，科学证明，地球上的每块石头都已经存在几百万年了。我应该相信宗教，还是科学呢？”

母亲把目光从信上移开，不知所措地看着丈夫。丈夫此时的怒气已经稍稍平息了，随之而来的则是深深的沮丧。

“你说，在我们这个虔诚的家庭里，怎么会有弗里德里希这样的孩子？我看，都是念书念的，不然他怎么会有那么奇怪的想法。”

“那你说怎么办才好呢？”

“让他退学回家吧，正好工厂里缺人，跟着我做生意去吧。”

母亲有点犹豫：“他才十来岁，总得等他中学毕业吧。”

父亲的怒气又上来了：“你知不知道他在一条危险的路上越走越远？毕业，毕业，等到他毕业，他的脑子里不知道会想些什么！”

1837年，恩格斯离开普鲁士爱北斐特理科中学，到父亲在巴门的纱厂营业所当办事员。第二年，18岁的恩格斯被送到不来梅一家贸易公司当办事员。不来梅自由的政治空气给了恩格斯极大的鼓励，他学习哲学、物理、化学，广泛涉猎进步书籍，密切地关注着欧洲的反封建斗争，参与政治问题的辩论，与激进的“青年德意志”来往……就这样，恩格斯走上了革命道路。

JIAOYUTISHI

教育提示

恩格斯的科学进步思想对于我们今天的现代化生活具有重要的意义。通过恩格斯的故事，我们得到的启示是：要奋发图强学习，遇到任何困难都不要退缩，应该勇往直前，这样才能报答学校对我们的苦心教导。

炸药之父诺贝尔

在筑路的工地上，我们经常听到炮声隆隆，见识到炸药炸开山体和岩石的巨大威力。而炸药的发明者就是诺贝尔。

1864年9月3日，这一天，诺贝尔一大早便外出办事。等到晚上回来的时候，一下子惊呆了，他的实验室变成了平地，到处是碎砖破瓦，空气中还弥漫着浓浓的硝烟。空荡荡的地面上，到处沾满了鲜血。更让诺贝尔痛心的是，他亲爱的弟弟和同甘共苦的5名工作人员因爆炸身亡，父亲也成了终身残废。

诺贝尔陷入无限的悲痛之中，脑海里进行着强烈的斗争，怎么办？是放弃试验，还是继续？诺贝尔明白，科学实验不可能是一帆风顺的，如若放弃试验，弟弟和同事的鲜血不是白流了吗？

于是，在朋友的帮助下，诺贝尔租了一条大船在瑞典首都附近的马拉伦湖上做实验。

经过四年的努力工作，诺贝尔终于研究出了能够安全运输的固体炸药。

诺贝尔的研究并没有止步，他又着手发明更有威力的炸药，投入到更加危险的试验。

在进行试验的那天，他把工作人员统统赶出实验室，自己一人留在那里，亲自点燃导火线，大家不放心他的安全，多次劝说不让他点燃导火线，但诺贝尔执意不肯，他一定要让危险远离他人。

在实验室里，诺贝尔安装好炸药，又仔细地检查了一遍，然后上前点燃了导火线。火星吱吱地冒着，导火线越来越短，诺贝尔为了仔细观察炸药的爆炸情况，一动不动地站在跟前，双眼盯着燃烧的导火线。

“轰”的一声，炸药爆炸了，浓烟从实验室飞速地向外涌出。附近的人们睁大眼睛看着，始终不见诺贝尔的身影。他们顾不得危险，纷纷向实验室奔去。刚跑到门口，就见一个满身鲜血的中年人从实验室里跑了出来，边跑边叫道：“我成功了！我成功了！”大家看到诺贝尔还活着，激动地跑上前去，一边替他检查伤势，一边热烈地向他表示祝贺。诺贝尔终于成功发明了威力强大的胶质炸药。

在艰苦而危险的科学实验中，诺贝尔坚强的意志和无畏的精神，为世人所称颂。他对待科学的执着和热情，鼓舞着无数人去探索科学和追求真理。

诺贝尔强烈的事业心、高度的责任感和对科学锲而不舍的研究精神值得大家学习。诺贝尔在科学的道路上坚持不懈、艰苦奋斗的精神给我们启示：同学们不仅需要具备渊博的知识，还需要有充分的好奇心、创造力以及坚持不懈、持之以恒的奋斗精神，大家要热爱并相信真理，树立坚定的目标，并为自己的目标奋斗终生。即使前面有困难险阻，同学们也不要气馁，更不能轻言放弃。无论发生什么事情都要坚持自己的信念，不要停下前进的脚步，只有这样才能达到成功的顶峰。

崔鸿对月读书

崔鸿小时候，父亲崔敬友因受贿而被追查，弃官逃走后便醉心于佛教，不问家事。

家里很穷，崔鸿酷爱读书，可是却没有钱买书，他只好向别人借书抄下来再读。他每晚抄书到很晚，要耗费很多灯油，可家里经济又很困难，连灯油钱都没有，怎么办呢？

一天晚上，皓月当空，照得大地如同白昼，崔鸿拿起一卷书，借着月光展开阅读，书上的字竟清晰可辨。他高兴地跳了起来："有灯了！有灯了！"

崔鸿赶紧跑进屋里搬出小凳，坐在月光下，认认真真地读了起来。

崔鸿稍大一些时，村里能借来的书他都借来读了。再到哪里去借书呢？他想到了伯父。

伯父崔光是北魏三朝重臣，曾任著作郎、秘书丞，专司编修国史。他家里一定有非常多的藏书。崔鸿便找到伯父家。

果然，伯父家里有专门的藏书室，一排排的书架装满了各种书。

这可把小崔鸿乐坏了，他住在伯父家不走了。他把藏书室打扫得干干净净，放进一张书桌，当作自己的书房。白天，他反锁房门读书，经常忘记吃饭；晚上，他点起蜡烛，顾不上睡觉。蜡烛一根接一根地点，书本一卷又一卷地换。累了伸个腰，困了就使劲在腿上拧一把。天长日久，他的腿上竟留下了块块紫疤，让人看了都感到心疼。

就这样，小崔鸿在这段时间里连续读了大量的史书，做了大量的笔记，积累了丰富的资料，为后来编写史书打下了坚实的基础。

功夫不负有心人，少年苦读终受益，崔鸿终于成了著名的历史学家。

JIAOYUTISHI 教育提示

崔鸿夜以继日地沉浸在浩瀚的书海中，积累了丰富的历史资料，他凭借着这种勤奋刻苦、自强不息的精神，最终成为了著名的历史学家。他的故事告诉我们，学习环境的好坏不会影响学习的效果。条件越艰苦，越能磨炼人的意志，催人奋进。

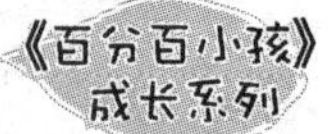

黄霸牢狱中苦学《尚书》

黄霸是西汉大臣，先后任过数十年地方官吏，后升为御史大夫、丞相。他为官奉公守法，恪守尽职，体恤百姓。朝野上下，有口皆碑。黄霸不仅是个为政清明的政治家，而且是一个惜时若金、勤学不辍的学问家。

汉宣帝即位不久，出于政治上的需要，宣扬自己有尊崇先帝的美德，就下诏让群臣称颂已故的汉武帝的功德。诏书一下，朝中的文武大臣都众口一词，齐颂“皇上圣明”。

只有夏侯胜提出了不同意见，立刻遭到众人的围攻。黄霸站出来支持他，结果一同被判处死刑，关进了监狱。

两人关在一起，黄霸想，狱中无聊，正是学习的好机会。他知道夏侯胜是当时有名的经学家，特别是对《尚书》有很深的研究。

他早就想认真地学习儒家这本经典之作，但苦于公务繁忙，一直没能如愿。现在大师就在眼前，何不抓紧

时间，赶快向他求教呢？

于是，黄霸便对夏侯胜说：“请您给我讲讲《尚书》好吗？”

夏侯胜一听，不禁苦笑道：“我们都是死刑犯，说不定明天脑袋就要搬家，还学这些东西做什么？”

黄霸说：“古人说得好，早上能够学习到有益的知识，即使晚上死了也值得呀。”黄霸诚恳地请求着夏侯胜。

夏侯胜被黄霸好学的精神深深地感动了，便答应了他的请求。从此，牢房变成了书房，一个学而不厌，一个诲人不倦；一个吃透了《尚书》，一个温故知新。

真是教学相长，其乐融融。就这样，冬去春来，日复一日，黄霸在狱中刻苦学习了三年，已经成了一位对《尚书》研究颇有造诣的人。

后来，因形势的变化，两人双双遇赦出狱，又重新受到重用。黄霸把在狱中学到的许多知识，应用到处理公务中，造福于国家和人民。

JIAOYUTISHI

教育提示

黄霸在狱中苦学的故事告诉我们：一个人不可能总是一帆风顺，在遇到挫折的时候，绝不能轻易认输。人生的意义就是把握好今天，活在当下。

用海滩当纸的阿基米德

阿基米德从小就非常喜欢数学，他的好朋友柯伦也是一个数学迷，他们经常在一起画几何图形，推导公式，进行演算，他们还喜欢设计一些机械图形。

这样就需要大量的纸，可是当时还没有发明造纸术，人们用羊皮和莎草代纸，既昂贵又不方便使用。

柯伦经常抱怨说：

“天哪，上哪儿去找纸啊！”

阿基米德想了想，找来一根小树枝对柯伦说：

“喏，把地当纸吧！”

柯伦用小树枝在地上画了几下，又发牢骚说：

“地太硬，写上的字，看不清。”

阿基米德又从炉子里铲来炉灰，均匀地铺在地上，在上面写起来，他高兴地对柯伦说：

“怎么样，清楚多了吧！”

阿基米德有到海边独自散步的习惯，他一边散步，一边天马行空地思考问题。

有一次，阿基米德正在海边的沙滩上漫步，忽然想起一道数学题，他顺手捡起了一个小贝壳，在沙滩上演算起来，一直演算到天黑了才回学校。

第二天，阿基米德一见到好朋友柯伦，就立刻拉着他到了海边的沙滩上，高兴地说：

"喂！你看这里的沙滩，不正是我们最好的学习地方吗？"

阿基米德说完，立刻在沙滩上画了好几个几何图形。柯伦也高兴得直叫好，并高喊：

"太好了，我们有了世界上最便宜的纸了！"

从此以后，阿基米德与柯伦每天都要抽时间来到海边沙滩演算数学公式和做习题。真是让人难以想象，阿基米德后来发现的许多几何学原理、物理学公式和定理就是从海边沙滩上的演算起步的。

JIAOYUTISHI

教育提示

阿基米德用海滩当纸的故事启示我们：条件艰苦并不能成为学习的障碍，没有学习的条件也可以创造条件，只要努力学习，坚持不懈地朝着自己的目标迈进，就终能实现自己的理想。

坚守信念，走向成功

左思是我国西晋时有名的文学家。

他小时候不但不聪明，还有点愚笨。一天到晚只知道贪玩，不肯静下心来读书。

因此，左思的学习成绩并不好，还不如妹妹。他的父亲非常恼火，曾对朋友们说："左思这孩子，比我小时候差远了，长大后肯定不会有出息！"

左思听了父亲的话，受到很大刺激。他对自己说："做人要有志气，决不能让人看扁了，不能再像过去那样贪玩了。"他决心把失去的时间补回来。从此，左思像变了个人似的，把自己关在屋子里认真读书，练习写文章，如果没有学习完，就坚决不出去玩耍。就这样，他看了许多书籍，当他读了汉朝班固写的名篇《两都赋》和张衡写的名篇《两京赋》后，心想：人家能写《两都赋》和《两京赋》，我为什么就不能写《三都赋》呢？

为了创作《三都赋》，他废寝忘食，读了许多地方书，查看了许多地图，查阅了大量的资料和文献。

这还不算，他还不怕辛苦，奔走几千里亲自到实地去考察，向一些有学问的老人请教，听他们介绍三都的情况，积累了大量资料。

为了写好这本书，左思还要求去做秘书郎，掌管图书文献资料。他一边工作，一边学习，一边进行创作。经过一番刻苦努力，左思的《三都赋》终于完成了。为了鉴别作品的质量，左思去拜访当时的高士皇甫谧，请他指教。皇甫谧读过之后，大加赞赏，提笔作序，两个大文人张载、刘逵也分别为《三都赋》作了注释。

还有一个文人看了《三都赋》后，感叹地说："左思的作品可以与班固和张衡的媲美了。"

由于左思勤奋刻苦地学习和创作，他的成就不但超过了他的父亲，而且远远地超过了同时代的学者，在文学史上奠定了自己的地位。

JIAOYUTISHI
教育提示

左思凭借卓越的文采与不懈的努力，创作出《三都赋》，在文学史上奠定了自己的地位。他的故事启示我们：能在某一领域取得傲人成绩的人，都是经过了废寝忘食、勤学苦练的洗礼。同学们要珍惜时间，努力学习，提高自己的文化素养。

班超出使西域

班超，字仲升，东汉扶风郡平陵(今陕西咸阳)人。

公元73年，班超被奉东都尉窦固任命为假司马，带一支部队出征匈奴，大胜而归。窦固见他很能干，便又派他带领36人的代表团出使去西域各国进行联络工作。

代表团先到鄯善国。开始时，国王十分敬重班超，招待非常周到。过了些天，忽然态度冷淡起来。什么原因呢？

班超设法从胡人的接待人员那里打听到消息，原来北方匈奴也派人来了，对鄯善国王施加了压力。这样，国王就摇摆不定，不知同哪方面接近好了。

班超见情况紧急，赶紧召集起36名将士商量对策，他说：

“匈奴使者到这儿才几天，国王就冷淡我们，假如迫于匈奴的压力，把我们都抓起来交给匈奴，恐怕就要死无葬身之地了。你们看，怎么办？”

众将士一听此话，立即表示：“情况紧急，是死是活，

由大人拿主意！”

班超激动地站起身，果断地说：

“好！不进老虎窝，就抓不到小老虎，不冒点生命危险，就得不到成功。现在唯一的办法，就是在今夜用火攻打匈奴驻地，趁他们晕头转向时，消灭他们。让鄯善国王震惊，这样我们才能大功告成，取得外交上的主动权。”

到了夜晚，班超带领将士，悄悄包围了匈奴驻地，带火烧着了他们的住房，烧死了100多个匈奴人。并奋力死战，把三十几个冲出火阵的匈奴使者和随从也杀死了。

第二天一早，班超带了匈奴使者的头颅去见鄯善国王。国王一见，万分震惊，立即表示愿与汉朝永结友好。班超出色地完成了出使西域的使命，凯旋而归。

JIAOYUTISHI

教育提示

班超出使西域，促进民族融合，为国家的强盛作出自己的贡献。他的故事启迪我们：要从小立志，树立远大理想，这样才能成为对国家有用的人才。同时，同学们要学习班超审时度势和临危不乱的处事能力，提高自己的综合素质。

文学巨匠鲁迅

鲁迅的母亲姓“鲁”，是从绍兴乡间嫁到绍兴城来的。鲁迅爱他的母亲，也更多受母亲的影响。鲁迅的母亲原本不识字，她后来能看通俗小说和报纸，全是自修的结果。鲁迅的母亲做事很有胆魄，人家都还在缠脚呢，她却敢把自己的脚放了，她是绍兴城里最早放脚的女性之一。

鲁迅小时候读过并且背过许多经书。这些经书里说的，他也不全懂，但是对于他的博学却是重要的，经书里哪些东西好，哪些东西不好，只有读过才知道。鲁迅后来的小说和散文中常写到小时候读书的事。我们从这些写到他童年读书事情的文章中，知道他当年读过的，除了经书以外，更多的是课外书，多半是野史和笔记小说。

鲁迅从课外读物中获益匪浅，汲取了不少知识，所以他后来说：“大可以看看本分以外的书，即课外书，不要只将课本抱住。”

鲁迅少年时的读书方法与别人不同。他并不死记硬背，而是熟读精思，注重理解和掌握。他曾制作了一张精美的书签，上面端正地写着十个字："读书三到：心到、眼到、口到。"

鲁迅的老师很赞赏这张书签和书签上写的读书心得，并在同学中间加以推广。

鲁迅读书不但多，而且能把它们贯通起来加以应用。如每次对"对子"，他都能做到言必有据，对仗工整，立意新颖，经常受到老师的称赞，同学们对他也是羡慕不已。

有一次，老师出了一个"独角兽"，叫学生们对，同学中有对"二头蛇""三脚蟾"的，有的"八脚虫""九头鸟"的。还有个同学竟对出"四眼狗"来。老师问："'独角兽'是麒麟，'四眼狗'是什么？你有没有见到过？"

唯独鲁迅根据学过的《尔雅》对了个"比目鱼"。老师十分称赞，说："'独'不是数字，但有'单'的意思，'比'也不是数字，但是'双'的意思。可见是用心对出来的。"

又有一次，老师出了个对子"陷兽入阱中"，大家苦思冥想，一时都对不上来。鲁迅思索了一下，根据《尚书》里"归马于华山之阳，放牛于桃林之野"，对了个"放牛归野林"，又受到老师的夸奖。

鲁迅一生都用毛笔写作，字写得认真、工整，很有骨力，无心成为书法家，却是一个杰出的书法家。

鲁迅后来做起文章来总是古今融会、中西合璧、文理相通，很有学问，很有根基，很有力量，别人很难攀越。因此，只有他的文学成就才配称为中国思想界、文学界的丰碑。

JIAOYUTISHI 教育提示

鲁迅是我国著名的文学家、思想家，是五四新文化运动的重要参与者，是中国现代文学的奠基人。鲁迅小时候读书的故事告诉我们，要树立远大的理想，勤学苦练，刻苦读书，并要学会珍惜时间，抓住每分每秒来学习。同时要灵活读书，选择科学合理的读书方法，最大限度地提高读书质量。遇到问题要开动脑筋，找到最合理的答案，只有这样，才能获取到更丰富的知识，达到提高自己的目的。

摘取数学皇冠上的明珠的人

陈景润是我国当代著名的数学家。他出生在福州市郊，十三岁时母亲便去世了。由于家庭生活困难，陈景润高中没毕业，便辍学了。但他通过自学，考上了厦门大学。

陈景润学习很勤奋，这为他后来研究数学打下了坚实的基础。

陈景润在高中时就特别喜欢数学，一有时间，就演算习题。

福州高中从清华大学请来了一位很有学问的数学老师，这位老师给同学们讲了许多有趣的与数学有关的故事，喜欢数学的陈景润简直是着了迷。

一天，这位数学老师用生动的语言，为学生们讲述了世界上最难的一道著名的数学题——哥德巴赫猜想。大约两百年前，德国著名数学家哥德巴赫发现了一道数学难题，他自己没有证明出来，所以人们就把这道难题叫作哥德巴赫猜想。老师说：

“自然科学的皇后是数学，哥德巴赫猜想则是皇后皇冠上的明珠。”

陈景润听后，默默下定了决心，一定要摘下这颗数学皇冠上的明珠，为中国人争光。

从此以后，不论在大学读书、当教师、当资料员，还是在数学研究所，陈景润都为实现这个伟大目标而刻苦学习，潜心研究，倾注自己全部心血和精力。

陈景润研究哥德巴赫猜想已经到了痴迷的程度，不分白天和黑夜，也不分春夏与秋冬，连走路、吃饭、睡觉都思考着哥德巴赫猜想。

有一次，他走路时，一头撞在了路旁的电线杆上，他竟连声说：“对不起！对不起！”

由于没日没夜地搞研究，陈景润病了。医院要他全休住院治疗，可他不仅没休息，反而更加争分夺秒地继续钻研。

他忘了病痛，忘了吃饭，忘了休息，忘了一切，从早到晚，手里总是握着一支笔，在一页页的稿纸上无休止地演算着，光运算用的稿纸就装了几大麻袋。即使在十年动乱期间，陈景润仍不忘研究。

陈景润经过长期的刻苦钻研，终于在1973年取得了可喜的成果，发表了震惊世界的论文。他的论文一发表，就受到了全世界著名数学家的高度重视和赞扬，被称为“陈氏定理”。

有志者事竟成，陈景润用自己的汗水、心血和无坚不摧的毅力，摘下了数学皇冠上的明珠，为祖国和人民争了光。

JIAOYUTISHI 教育提示

陈景润是我国著名的数学家，他非常热爱学习和工作，通过夜以继日地辛勤工作，最终取得了辉煌的成绩，给我们创造了宝贵的精神财富。他的学习精神激发着大家不断前进。他的人生经历给我们以启迪：同学们要学习陈景润自强不息、谦虚低调的品质，学习陈景润在攀登科学高峰时顽强拼搏、坚韧执着和百折不挠的精神，学习陈景润坚持不懈、勇往直前的敬业精神。陈景润的故事告诉大家，无论做什么事，无论成败如何，都要不惜一切代价去努力。

爱钻研的瓦特

瓦特出生在苏格兰一个技工家庭，由于他小时候体质很弱，经常头痛，所以到了上学的年龄，家里还没有把他送进学校，就在家中由母亲教他。

瓦特很爱动脑筋，遇到什么事都会思考一番。

有一次，瓦特在姑妈家吃晚饭，吃到一半，厨房传来“噗噗”的声音，他跑到厨房一看，原来炉子上的水烧开了，蒸汽把壶盖顶得噗噗直响。

这一现象吸引了瓦特，这是怎么回事？他觉得太奇怪了，便目不转睛地盯着壶盖，在炉旁待了很长时间，想了很久，忘了吃饭。

姑妈看见了，说他是个“傻孩子”。可谁又想得到，这个“傻孩子”后来发明蒸汽机，就是从这件事受到启发的呀！

后来，瓦特进入本城的学校学习，他的数学成绩特别好，但因身体不好，没毕业就退学了，他只得在家里坚持自学。天文学、化学、物理学、解剖学等各学科的知识，还有拉丁文、德文、法文和意大利文，他都是靠自学掌握的。

十七岁那年，瓦特又出去当学徒，并通过自学学会了制造罗盘等仪器。

通过多年的自学和不懈努力地动手实践，瓦特最终发明了蒸汽机。

JIAOYUTISHI

教育提示

瓦特是蒸汽机的发明者。他的创造精神、卓越的才能和乐于钻研的态度为后人留下了宝贵的精神和物质财富。瓦特为近代科学的发展作出了贡献，具有划时代的意义。瓦特的故事启示我们，发现源于实践，只有注意对身边事物的观察，才有可能发现问题、解决问题。同学们在日常生活中要善于观察，用心思考，深入钻研事物背后蕴含的原理，认真总结分析，具备刻苦钻研的精神。

勤学苦读的范仲淹

范仲淹字希文，是宋朝著名的文学家和政治家。他是苏州人，两岁的时候父亲就去世了，母亲改嫁给住在长山的朱氏，范仲淹也因此改名叫朱说。范仲淹长大以后，知道了自己的身世，本来就有远大志向的他决定不依靠任何人，通过自己的刻苦读书来成就一番事业。

他辞别母亲，孤身一人来到应天府，跟随戚同文老师学习。戚老师有很多学生，有些学生家境富裕，整天穿着时髦漂亮的衣服，结伴在外面闲逛，范仲淹却衣着朴素，生活过得很清苦，但是他凭着超人的毅力，克服了所有困难，坚持刻苦用功读书。

困倦的时候，他就用寒冷刺骨的冰水洗脸，保持清醒。他没有钱去大吃大喝，每天只用稀粥匆匆填饱肚子，然后马上就去学习。天气寒冷，稀粥冻成硬块，很难下咽，他却吃得很香。别的同学都有些看不下去了，他却一点儿也不觉得苦。有位同学的父亲很同情范仲淹，也着实佩服他刻苦学习的精神，就送了一些可口的饭菜给他。

后来，这位同学的父亲去看他时，发现饭菜还原封不动地摆在那里，范仲淹仍在大口大口地喝着稀粥。同学的父亲很恼火，就质问范仲淹："你为什么辜负我的好意呢？"

范仲淹诚恳地回答："先生，我难道不知道这些香气扑鼻的菜肴比稀粥好吃吗？但是我买不起这种饭菜，如果这一次我吃了您送的菜，以后我就不会觉得稀粥可口了，再吃饭的时候就会挑肥拣瘦；再说，艰苦的生活会更加磨炼我的意志。"一席话说得那位同学的父亲更加佩服范仲淹了。

范仲淹以这样的毅力克服了种种困难，终于考取了进士，实现了自己的理想。同时，他写下了许多脍炙人口的作品，他的才华震惊了世人。

JIAOYUTISHI

教育提示

范仲淹是北宋著名的思想家、政治家和文学家，对后世影响深远。范仲淹在逆境中发奋自强，心怀天下，值得我们学习。范仲淹的故事告诉我们，只有发愤图强、吃苦耐劳，敢于磨砺自己，才能创造出属于自己的美好未来。

可口可乐的发明者——潘伯顿

19世纪80年代，在美国佐治亚州亚特兰大市，有一家药店。这个药店虽然规模不算大，但架子上摆放了许多新药、特药。看得出来，药店的老板是一位医药行家。

的确，药店老板并非等闲之辈。他的名字叫约翰·潘伯顿，是一位博士。有一次，他受到一本医学杂志的启发，配制了一种治疗头痛的新药水——“古柯柯拉”，很畅销。

1886年5月的一天中午，一位顾客要买古柯柯拉。

伙计便到药柜里取药，可潘伯顿配制的药水都用光了，平时，伙计经常看潘伯顿配制药，因此一般的常用药也会配制。

眼下，顾客急着要用药，他就顺手拿了一瓶其他治头痛的药水，配上苏打水糖浆，交给了这位顾客。

一会儿，这位顾客又来了。他说这药水味道不错，又可解渴，他想多买几瓶当开水喝。

伙计已经忘了刚才配的是什么药水了。便随手取了几种治头痛药水配制起来。

当他将药水交给顾客时,顾客直摇头:

“不对,不对,刚才那种药水是深红色的。”

就这样纠缠了半天,伙计也没能配出顾客想要的药水。

事情本该到此画上句号了。可潘伯顿是一个思维活跃的人,当他得知这件事后,他想:那深红色的药水的味道肯定不错,要不,那位顾客就不会那么缠住伙计。也许,从这里面,还可以研制出一种新型的饮料。

于是,潘伯顿躲进了药剂室。他反复地将多种药按不同的比例配制。一个月后,他终于配出了风味独特、爽口解渴的深红色饮料。

由于它的出现是错配古柯柯拉引起的,因此,潘伯顿把它叫作“古柯柯拉”。后来,翻译家把这种饮料,译成一个朗朗上口而又意味深远的名字——“可口可乐”。

JIAOYUTISHI 教育提示

潘伯顿发明了可口可乐,给大家带来了爽口的饮料,受到了全世界人民的欢迎。潘伯顿的故事告诉我们,要善于发现问题,并勇于尝试,不能惧怕失败,要及时总结失败的经验,通过坚持不懈的努力才能走向成功。

谦恭好学的叶天士

叶天士是清代乾隆年间苏州的一位名医。他十四岁行医，青年时就已誉满江南，来找他看病的人每天都络绎不绝。

一天，叶天士正在店里给人看病，忽然听说有人要砸他的招牌，急忙跑出来一看，只见那个人指着他的鼻子说：

“先生，你还认识我吗？我就是去年的今天被你判‘死刑’的人。当时你说，有谁能治好我的病，就砸你的招牌。”

这时，叶天士才想起，那还是去年的事了，有天有个来苏州做生意的人，咳嗽了很多年，遍访名医无数，但一直没有治好。后来听说叶天士的医术高明，便上门求医。

当时，叶天士只是看了看病人的脸色，就看出他身患绝症，已无药可医，于是对他说：“你赶快回家吧，不然就来不及了。”

病人听了后，苦苦哀求叶天士，希望他能想想办法。叶天士却说："我说不行就不行，即使吃药也是白白地浪费金钱。如果有谁能治好你的病，你就上门来砸我的招牌。"

叶天士想到这里，忙说："先生，招牌你尽管砸，但请你告诉我，你的病是谁治好的。"

来人告诉他，那天从叶天士那里出来后，经过一个寺庙，门上挂着一个"济世救人"的招牌，就进门求见老和尚为他治病。

老和尚详细询问了他得病的经过，然后摇摇头说："你得的是绝症啊！"

老和尚见他有些心灰意冷，就又安慰他。最后，老和尚开了一张药方给他，让他试试。

来人的病就是老和尚给治好的，叶天士听了后，暗暗佩服老和尚的医术高明，并生出了向老和尚求教的愿望。

于是叶天士隐姓埋名，到老和尚那里当了一个小徒弟。他甘愿为老和尚背药箱，跟随老和尚出诊，并细心观察。

每天晚上，别人都睡了，叶天士却在灯下研究老和尚的药方和医理。老和尚非常喜欢他、信任他，不久就让他代开药方，发现他开的药方很有功底，就开始注意他了。

一次，一个患虫疾的病人来看病，老和尚看过叶天士开的药方后，称赞他药方开得大胆，并说："只有叶天士敢于用砒霜入药。难道你是……"

叶天士便说出了实情，老和尚被叶天士的好学精神所感动，便把自己一生收集的秘方、行医经验都传授给了他，叶天士潜心研究，不耻下问，虚心向他人求教，终于成为一代名医。

JIAOYUTISHI 教育提示

叶天士是清代著名的医学家，他的医学理论和治学态度都是值得后人珍惜和学习的宝贵遗产。他谦恭好学，改名换姓求师学艺的精神是后世习医者的光辉典范。他的故事告诉我们：学无止境，同学们要保持一颗谦虚谨慎、不骄不躁的心，要有不自满的态度，依靠自己坚持不懈的努力，废寝忘食的学习才能学到真知识。同时大家在学习任何本领时都必须付出努力和汗水，只有这样才能获得成功。

伟大的思想家卢梭

卢梭的父亲是一个钟表匠，母亲在他出生后没几天就去世了。

卢梭的家里非常穷，但喜爱读书的母亲却给他留下了很多书，有哲学的，有历史的，更多的是小说、诗歌等文学作品。

卢梭虽然缺乏母爱，但他从小由姑母抚养，姑母给予他无微不至的关爱和呵护。

卢梭从小就聪明机灵，尽管他不可能像有钱人家的子弟那样受到系统的教育，但特别爱读书的习惯使他成了一个知识丰富的人。

卢梭从5岁开始就大量读书，虽然贫穷但却关爱儿子的父亲对卢梭读书这一嗜好感到特别欣慰，他只要有空闲时间就陪同儿子一起读书，有父亲的陪伴，儿子读书更加如痴如醉。

每天晚上，卢梭总是在父亲的陪同下一起读书，有时看得入了神，竟忘了睡觉。父子俩每看完一本，还要交换着看，读每本书总一气呵成。

7岁的时候，卢梭已经把母亲生前留下的书全部读完了，于是他又跑到外祖父那里找书看。

卢梭从外祖父那里搬来的书，许多都是充满知识和深刻思想的书，如《世界通史讲话》《名人传》和《宇宙万象解说》等。

卢梭读书总是全身心地投入。他读了《名人传》以后，就对古希腊和古罗马的英雄十分崇敬，常常在心中升起要当英雄的欲望。每当他读到英雄们威武不屈的事迹时，他的两只眼睛就格外有神，读书的声音也格外响亮。

有一天，卢梭在读到古罗马时代的英雄人物西伏拉的故事时，他被西伏拉的事迹感动了。西伏拉被敌人逮捕后，宁死不屈。当敌人把他的手放在火上烤的时候，他忍住剧痛，一声不吭。

卢梭读到这里时，也情不自禁地把自己的小手放在了火盆上。

“你要干什么？”父亲发现后惊叫起来。

“我也要像西伏拉那样勇敢！”卢梭大声说。

除了读书外，卢梭还有一个爱好，就是音乐。他姑母能唱很多动听的歌曲和民间小调。听到姑母那清细的嗓音唱出来的歌，他总是感到十分的陶醉。

读书使卢梭获得了很多知识，也养成了爱思考求真

理的习惯；音乐又使他的情感十分丰富，富于联想。这两大嗜好使卢梭终生受益，使他后来成为历史上的杰出人物。

JIAOYUTISHI 教育提示

卢梭是法国启蒙思想家、哲学家、教育家和文学家，是18世纪法国大革命的思想先驱，是启蒙运动中最卓越的代表人物之一，被誉为“现代民主政体之父”。卢梭爱好读书和音乐，通过看书学习到了科学文化知识，通过音乐陶冶了自己的情操。同学们要学习卢梭勤奋学习、刻苦钻研的精神，力争通过自己的努力取得好成绩。但是人的精力总是有限的，大家不可能学会所有的知识，看完所有的书，所以同学们在今后的学习中要讲究方法，进而提高自己的学习效率。

刻苦自学的张海迪

张海迪的童年是幸福的。她和同时代的孩子一样，有爸爸妈妈的疼爱，有金色的梦。可是，命运却无情地向她挑战：五岁时突然患了脊髓血管瘤，到十岁就先后做了三次大手术，活泼好动的海迪瘫痪了。

每天，海迪只能静静地躺在床上，看着窗外明媚的阳光，听着窗外的小朋友们欢快的嬉戏声，数着嘀嗒的钟声。

为了能够活动，她坚持天天握紧拳头拉腿、搬脚，忍着剧痛锻炼。

记不清多少个日日夜夜的按摩，她才能倚着被子坐起来，从此开始了她的轮椅生涯。

海迪虽然不能去上学，但她从治病的第一天起，就开始在病床上学习了。

记得在海迪第三次手术之后，只能一动不动地躺着，连脖子也不能动，怎么学习呢？就这么躺着浪费时间吗？

海迪呆呆地看着天花板，终于想起小时候躺在床上，用小镜子看街上小朋友上学的情景。

让小镜子帮助看书不是个好办法吗？

海迪高兴地让爸爸把书放在枕头边，在桌上放一面与眼睛平行的镜子。镜子里的字是反的，一页书要看好半天，时间一长，她便觉得镜子里的字变成了黑乎乎的一片，什么也看不清了，只得稍稍闭一会儿眼，再重新看下去。

她就是靠着“镜子书”，学会了很多东西，知道了雷锋、高玉宝，读完了《钢铁是怎样炼成的》《把一切献给党》，也认识了外面的世界。海迪就是这样追求知识，顽强自学，不仅学完了中学的全部课程，还学会了针灸，学会了看病。

记得张海迪在医院工作时，有一次，一位老同志请她帮忙看一份药品说明书，因为说明书是用英文写的，他看不懂。这下可把海迪难住了，从此她便下定决心尽快掌握英语。

海迪托人买来英语教材，从字母开始学起，为了多念多记，她在墙上、桌上、灯上、镜子上都贴上英语单词纸条，有空儿就背。

在老师热心的指导下，她的英语水平提高得很快。不久，海迪就能看英文书了。

她还应约替有关单位翻译了《世界狗类百科全书》

和长篇英文小说《海边诊所》。

此时正值盛夏，室内温度高达三十九摄氏度，意志坚强的张海迪把自己关在十平方米的小屋里，一句一行地翻译着、校对着。汗水不停地流下来，她怕浸湿稿纸，就在两肘下垫上干毛巾，毛巾湿了，赶紧换一块，继续写下去、抄下去……

当海迪捧着厚厚的译稿，来到出版社时，连五十多岁的老编辑也激动得流出眼泪来。这位老编辑亲自为这本书写了一篇序言，题目是：《路，在一个瘫痪姑娘的脚下延伸》。

张海迪，一个残疾青年，凭着顽强的毅力，付出了比常人多百倍千倍的努力，克服了常人难以想象的困难，作出了巨大的成绩和贡献。人们称她是当代雷锋，是中国的保尔，是新时代青年学习的楷模。

JIAOYUTISHI 教育提示

张海迪的故事启迪大家要敢于直面困难，具备坚忍不拔的毅力和百折不挠的精神，同时要珍爱生命，用乐观豁达的态度生活，无论前方有多少艰难险阻，都要勇敢地跨越过去，用自己的拼搏精神到达胜利的彼岸。

王选:汉字激光照排系统之父

英语只有26个字母,“体态轻盈”,自然较容易进入计算机世界,在广阔的天地飞舞自如;中国的汉字多达万多字,常用的也有3000字,如此臃肿的“体态”,怎么好进入计算机世界?然而,20世纪80年代初,我国研制成功汉字激光照排机,使汉字稳稳当当地坐上了“时代列车”。

人们激动地称,这是继毕昇之后,“汉字印刷术的第二次革命”。

这场“革命”的“主将”是王选。

王选于1937年2月出生于上海的一个知识分子家庭,他的父亲是一位很有骨气的爱国知识分子。在父亲的影响下,王选从小就有一股很强大的学习动力。他学习非常自觉,从来不要父母督促,各门功课学得都不错,尤其是数学更是出色。17岁那年,王选如愿以偿地考上北京大学数学系,开始进入了五彩缤纷的计算机世界。1972年,王选对汉字输入电脑的方法产生了浓厚的

兴趣。

就在王选准备深入研究汉字输入方案的时候，他被国家重点科研项目——“748工程”吸引住了。他对这一工程中的“精密汉字照排系统”的研制非常感兴趣。这是专门用于书籍和报刊编辑排版工作的专用系统。一旦研制成功，将彻底改变我国汉字印刷术落后的状况，有力推动我国进入信息时代，加快中华民族的文明发展进程。

从1975年开始，经过一系列努力，王选终于攻下了一个技术难题，发明了高倍率汉字信息压缩技术、高速成还原技术和不失真的文字变倍技术等。

王选的一系列发明，巧妙地消除了阻碍汉字印刷术腾飞的拦路虎。但是，汉字精密照排系统是一项复杂、庞大的高科技系列工程，有许多技术难关。

1979年7月27日，汉字激光照排机终于研制成功。望着八开的样报，王选流下了激动的泪花。

次年，汉字激光照排系统诞生。这意味着我国将彻底告别“铅与火”的时代，跨入“电与光”的时代。后来，这个系统被命名为“华光型系统”。这确确实实是“中华之光”啊！

由于这一突出贡献，王选被人们誉为“中国汉字激光照排之父”。

JIAOYUTISHI
教育提示

王选是著名计算机文字信息处理专家，当代中国印刷业革命的先行者，被称为“汉字激光照排系统之父”。王选是科学工作者的杰出代表，他一生献身科学，淡泊名利，始终孜孜不倦地埋头于艰苦的科研工作中，将科研事业当作毕生的追求。同学们要学习王选教授献身科学、追求真理、勇于创新的科研精神；学习他勤奋严谨、努力拼搏、勇攀高峰的作风；学习他淡泊名利、甘于奉献、宽容待人的优秀品质。同学们也应该把自己的前途命运与国家的命运联系在一起，努力学习，长大后为社会创造更大的价值。

勇斗盗贼的宗悫

宗悫从小就喜欢各种各样的兵器，经常和小朋友们一起玩官兵捉强盗的游戏。但小宗悫个子非常矮小，力量也很单薄，因而在玩游戏的时候他经常吃亏。小宗悫当时就想，要制服“敌人”，必须要强壮身体。于是，他便学起武术来。

十四岁时，宗悫的武术已经学得非常好，棍剑刀枪都耍得出神入化，本领越来越大了。

一天晚上，他正在院子里练完武准备回房睡觉时，却发现来了一伙贼。于是胆大心细的宗悫手握着宝剑，悄悄地蹲在屋门台阶的旁边，右边可以注视屋门动静，左边可以观察窗台情况，只要盗贼一来，定杀他个正着。

果然，过了一会儿，只见一个黑影鬼鬼祟祟地向屋门摸来。

宗悫屏住呼吸，等黑影上了台阶刚走到屋边，宗悫猛从门后蹿出，冲黑影刺了一剑，就听得“咕咚”一声，黑影没吭一声就倒下了。

后面不远处一个盗贼听到前边有动静，小声问：“怎么回事？这是什么声音？”

他还没听到回答，宗悫一个箭步蹿过去，一剑又刺进了他的胸膛。

强盗们一看，今天算遇上茬儿了。一齐提刀上前围攻宗悫。

宗悫心想：我就是武艺再高，斗他们五六人也很难取胜，好虎敌不过群狼，我得个个击破他们。想到这里，宗悫将身子一蹿，跳上了墙头。

这是宗悫的一计，他想，你人再多，在这不足一尺的墙头上，也围不住我，最多你一边站一个人，才两个人，我收拾你们就容易了。

果真，有两个强盗一先一后也蹿上了墙头。宗悫还没等他们站稳脚跟，向前一刺，往后一撩，两个家伙都受了伤，摔下了墙头。

贼头一看，一点好处还没捞到，就伤亡了一半，打了个唿哨，就要逃走。

这时，宗悫和盗贼的打斗声惊醒了全家人，也惊醒了周围的邻居们。大家拿着棍棒，打着灯笼火把赶来。强盗们一个也没跑掉，统统被逮住了。

宗悫说：“你们这些强盗，祸国殃民，不干好事，今天先饶了你们，再要敢来，我就把你们全都收拾干净！

快滚吧！”

盗贼们抬着两个死人，扶着两个伤号，垂头丧气地逃离了宗家。家里人和邻居们都夸宗悫干得好，为民除了害。

宗悫以他那勇敢无畏的精神，得到了百姓的赞誉。宗悫长大以后，凭着他非凡的武功，驰骋疆场，屡立战功，成为南北朝时宋国的名将。

JIAOYUTISHI
教育提示

宗悫经过勤学苦练，努力奋斗，最终成为一位能征善战的大将军。宗悫的故事启迪我们，要树立远大的理想和抱负，不惧怕困难，勇敢向前。现如今，我们的祖国局势安定，同学们的学习环境优越，国家不需要我们上战场。所以我们要珍惜现在的幸福生活，努力学习，像宗悫一样，突破一切障碍，勇往直前，长大以后为祖国的建设作出贡献。

匡衡凿壁借光

夜幕悄悄地笼罩了山东苍山县西北的一个小山村。很晚了，可是村西头的一间大屋子里，却仍然灯火通明，人影穿梭，并不时地传出喧哗声和笑闹声。原来，这是村里的一个大户人家在请客。主人又是一个讲排场的人，所以，每天屋内必是高朋满座，花天酒地，而且总要闹到深夜。这不，今天主人请来了贵客，又是好一番折腾。

紧挨着这大屋子东头的，是一间低矮的茅草屋，屋里漆黑，伸手不见五指。这里住着一位穷困的少年。他白天给财主砍柴割草，到了晚上才能回家。今天因为活儿多，等忙完活儿再回来时，天已经全黑了。

他走到自己家门前，放下背篼，抖抖破烂衣服上的灰尘，用手推门。吱——门开了，屋里什么也看不见了。“唉，又看不成书了！”

他摸索着走进屋，想从油壶里找出哪怕是半点的灯油来。

可是，油早在两天前就用完了，哪里还会有剩的呢？

捏捏口袋，空空的，扁扁的，一文钱也没有，就是有，他也舍不得去买，他还要吃饭呢。

“唉，睡吧！”他想。可是，隔壁的划拳声不时地传过来，吵得他心烦意乱，不能很好地入睡。

没办法，他长叹了一声，起身走出了茅屋。站在门外，他看见隔壁人家灯火通明，真是羡慕极了。

忽然，他发现隔壁人家的纸窗上有一个小孔，屋里的灯光透过小孔，射在屋外的地上，形成了一个小亮斑。他灵机一动：“如果我在墙壁上凿上一个小孔，那么亮光不就可以射进我的屋子里来了吗？这样，我就能看书了，还省不少钱呢！”想好了，他便这样做了。就着这束宝贵的光，他捧着书，贪婪地，一字一句地读了起来，他沉迷于书里的知识，忘记了白天的劳累和夜晚的倦怠……

这位“凿壁借光”的少年，便是西汉著名的经济学家匡衡。

JIAOYUTISHI

教育提示

匡衡心中有梦想，热爱学习，最终凭借出色的才学，成为西汉著名的经济学家。他的故事启示我们，只有不惧困难，勤学苦练，才能有所作为。

吕蒙求知的故事

三国时期,孙权手下有一员勇敢无畏的将军,名叫吕蒙。

吕蒙因作战勇敢,深得孙权的赏识。但因为他小时候家里太穷,上不起学,所以他虽有勇但无谋,有些战事孙权也不放心让他去。

孙权决心让吕蒙学点知识,增长才干,就把他找来说:“你现在已经掌权管事了,应该多学些知识,以求上进。”

吕蒙听了,开始不以为然。但在孙权的极力劝说下,他决心好好学习,认真学点东西。

从此以后,吕蒙便抓紧一切时间读书。白天,军中杂事很多,他就利用晚上的时间,一个人悄悄地读书。他读书不知疲倦,意志坚定,读的书越来越多,涉猎的范围也越来越广,学识越来越深。

过了一段时间,孙权决定测试一下吕蒙学习的成果,就召集众将领商讨问题。

吕蒙在众将领的心目中，一直是个有勇无谋的“阿蒙”。可谁也没想到，短短几个月的时间，吕蒙居然侃侃而谈，言之成理，有许多看法远远超过了军师，令众人刮目相看。

孙权当场拍着吕蒙的肩膀说：“我总以为老弟只有武略，没有文韬，通过今天的讨论，才知道你智勇双全，学识渊博。”

吕蒙尝到了读书的甜头，更加勤奋读书了，孙权也更加赏识他了。

JIAOYUTISHI 教育提示

吕蒙幼时因家贫没能好好读书，后来在孙权的劝说下，他开始努力学习，终于改变了众人对他的“莽夫”印象，所谓“三日不见，当刮目相看”。吕蒙学习的故事告诉我们，良好的成长环境加上个人的努力，会成为一个人成功成才的基石。我们要坚持读书，不能因为懒惰而放弃学习。知识就是财富，知识就是源泉。大家要珍惜学习的机会，多读书，通过学习和阅读让自己的生活变得更加美好。

以虎为师的厉归真

我国古代有个人叫厉归真，他是五代时著名的画家，以专门画虎著称于世。他画的虎神态逼真，活灵活现，堪称一绝。

厉归真出生于一个农民家庭，从小喜欢画画，而且特别喜欢画老虎。可是，刚开始时，他画的老虎并不好，人家看了，不是说像牛，就是说他画的是死老虎。厉归真听了十分扫兴。

有一天，厉归真听说附近有人捉住了一只老虎，他很高兴，忙跑去看。他在一边仔细观察老虎走路的神态、动作，观察了足足有大半天的工夫，然后跑回家便画了起来。画完了，厉归真很得意，觉得这只老虎活灵活现的。

他拿给一位老猎人看，不料老猎人却说："你画的虎没有'虎气'。我感觉你画的这只虎外皮像虎，神态动作却像猫。"

听了老猎人的话，厉归真觉得很是沮丧。

回到家，他认真反思起来：为什么人家能画出“虎气”，我照着真虎画却画不出一只活生生的虎呢？他们说的“虎气”到底是什么样子呢？

厉归真发誓要把老虎画好。为了找到真正的“虎气”，他决定冒险入山。他托人在几百里外的深山的一棵大树上，搭了个棚子，自己带上干粮和画具，住在里面，并打听好老虎常出没的地方。这样，老虎一出现，他就可以看真切了。

就在这个棚子里，厉归真待了半个多月，一边看一边画，画下了一百多张草图，把老虎的各种姿态都画了下来，直到闭上眼睛都能画出老虎的各种动作和神态时，他才回家。

经过勤学苦练，厉归真画出来的老虎，只只威武雄壮，个个“虎气”十足，人们都抢着买他画的老虎。

JIAOYUTISHI

教育提示

厉归真为了把老虎画活，不惧艰难和危险，深入荒山猛虎出没的丛林，获取了老虎的珍贵素材，最终将老虎画得超凡脱俗，深受人们喜爱。厉归真为了求知，敢于实践，积极探索，他坚忍不拔的品质值得大家学习。

韩信背水一战

韩信是汉王刘邦手下的大将。为了打败项羽，夺取天下，他为刘邦定计，先攻取了关中，然后东渡黄河，打败并俘虏了背叛刘邦、听命于项羽的魏王豹，接着往东攻打赵王歇。

韩信的部队要通过一道极狭的山口，叫井陉口。赵王手下的谋士李左车主张一面堵住井陉口，一面派兵抄小路切断汉军的辎重粮草，韩信的远征部队没有后援，就一定会败走。

但大将陈余不听，仗着优势兵力，坚持要与汉军正面作战。

韩信了解到这一情况，非常高兴。他命令部队在离井陉30里的地方安营，到了半夜，让将士们吃些点心，告诉他们打了胜仗再吃饱饭。随后，他派出2000轻骑从小路隐蔽前进，要他们在赵军离开营地后迅速冲入赵军营地，换上汉军旗号；又派1万军队故意背靠河水排列阵势来引诱赵军。

到了天明，韩信率军发动进攻，双方展开激战。不一会，汉军假意败回水边阵地，赵军全部离开营地，前来追击。

这时，韩信命令主力部队出击，背水结阵的士兵因为没有退路，也回身猛扑敌军。赵军无法取胜，正要回营，忽然营中已插遍了汉军旗帜，于是四散奔逃。汉军乘胜追击，打了一个大胜仗。

在庆祝胜利的时候，将领们问韩信："兵法上说，列阵可以背靠山，前面可以临水泽，现在您让我们背靠水排阵，还说打败赵军再饱饱地吃一顿，我们当时不相信，然而竟然取胜了，这是一种什么策略呢？"

韩信笑着说："这也是兵法上有的，只是你们没有注意到罢了。兵法上不是说'陷之死地而后生，置之亡地而后存'吗？如果是有退避的地方，士兵都逃散了，怎么能让他们拼命呢！"

教育提示

背水一战彰显了韩信出众的军事才能及深厚的军理学识。通过背水一战，我们得到了如下启示：要有坚忍不拔的精神，确定好自己的人生目标，不断提高自身能力，适当给自己一些压力，将压力转化为动力，用坚持不懈的努力取得好成绩。

华盛顿:美国人民的骄傲

1732年2月22日，一个男婴在北美弗吉尼亚州布里奇斯溪庄园的老屋降生了,这个孩子就是后来成为美国国父的乔治·华盛顿。

当时,北美尚处于英国的殖民统治之下,和大多数弗吉尼亚人一样,华盛顿自认是英国忠诚的臣民,希望自己有一日能成为英军的一名军官,并为之努力。因此,当英法战争爆发时,26岁的华盛顿积极参与了抗击法国的斗争。1763年,历时七年的英法战争终于结束,为了弥补在战争中日渐空虚的国库,英国颁布了一系列法令,对其在北美的属地课以重税。这导致了殖民地人民的反抗,北美殖民地人民和英国的矛盾愈加尖锐起来。

“当英国尊贵的先生们不剥夺美洲的自由就不满足的时候,看来有必要采取某种措施,避开这一打击,并维持我们祖先给我们的自由。”华盛顿一直在观察着事态的发展,并一度陷入了两难的境地,一方面他接受不了与母国一刀两断的做法,但又在感情上和人民联结在一

起。“很显然，为了保卫与我们生命息息相关的宝贵自由，我认为，我们每个人都应毫不犹豫地拿起武器。”

1775年4月18日，来克星顿的枪声很快传遍了整个北美大地，北美殖民地人民反英武装斗争的序幕缓缓揭开了。此时此刻，华盛顿心情复杂：“一想到幸福和平的美洲平原或者血流成河，或者沦为奴隶的栖身之所，我就伤心不已，这真是可悲的选择！但一个正直的人，在选择正确的道路时，还能有什么犹豫的吗？”

华盛顿最终做出了果断的选择，1775年5月10日，他当选为大陆军总司令，从此引导着北美人民踏上自由之路。

是华盛顿，让美国军队团结在一起，各个殖民地团结起来，大陆会议团结一致。没有华盛顿，就没有今天的美利坚合众国。他那举足轻重、不可或缺的地位与功绩，他那无与伦比的领袖风范及崇高的人格与威信，使他成为一个英雄人物。

JIAOYUTISHI 教育提示

华盛顿是美国的开国元勋和伟大的政治家。他在危难的情况下接受大陆军总司令的命令，以坚忍不拔的精神克服了重重困难，领导北美人民进行独立战争，实现了国家的独立，确立了民主的资产阶级政治体制，为推动美国历史发展作出了重大贡献。他心系国家，努力拼搏，不居功骄傲，高尚的道德品质值得大家学习。

一代圣贤——孔子

像很多穷孩子一样，孔丘(孔子的名)很小就失去了父亲，家境非常贫困，没钱上学，不能接受正规教育。但他非常好学，从15岁那年起，就开始发奋读书。遇到书上不懂的地方，他就到处找人问，不管是梳着小辫的孩童，还是白发苍苍的老爷爷，都是他询问的对象，这样一直到解开疑难为止。因为他老爱打破砂锅问到底，旁人便送了他“百事问”的雅号。学问学问，就是这样从不间断地提问、请教中学来的。于是，他总结了一个道理：“三人行，必有吾师焉。”

成年以后，他的求知欲望更强了，为了扩大自己的知识面，他决定离开故乡，到各地去游历。每到一处，他都不放过求知的机会。有一次，他听说太庙里举行祭祀典礼，便兴冲冲赶去参加。因为他是第一次看到这种场面，感到格外新鲜，因而无论是祭祀用的牲畜，还是伴奏的音乐，甚至连烛台、香火，他都想看个明白，问个究竟。一直到祭祀完毕，人们陆陆续续地离开了太庙，他还余

兴未尽，硬拉住人家的袖子不放，急着打听未弄明白的问题。通过不断求教和仔细观察，他掌握了书本以外的很多学问，非常博学多才。

晚年，孔子回到家乡，静下心来，专门从事编书和讲学。他的学生很多，有著名的七十二弟子。虽然很忙，但他仍然抓紧时间，丝毫不放松学习。

孔子常说："在学习的时候，我从来不会感到讨厌；在教育别人的时候，我从来不会感觉到疲倦。"他一边讲学，一边潜心钻研学问，同时，还编了不少书。

有一天，孔子得到了一部叫《易经》的古书。那时候的书，可不比我们现在的课本——白纸上印出黑字，几十万字排在一本书上，读起来十分方便；那时还没发明纸，字都刻在竹片上，称为简。一部《易经》就有几十斤重，而且书上的很多文字在当时已不再流行，十分难懂。孔子一得到这部书，高兴得像得了稀世宝贝，立刻把这几十斤重的《易经》抱回家去，逐字逐句仔细地阅读起来。读一遍不懂，就读第二遍；第二遍不懂，再读第三遍、第四遍。就这样，读过来翻过去，一遍又一遍，到最后，连那穿在竹木简上的牛皮带子都给磨断了。他不得不重新换上新带子，继续研究。不久，新带子又变成旧带子，最后又断了。于是又换上新的……就这样，换了三次新带子，那部几十斤重的《易经》也被翻得溜光滴滑。最后，孔子终于把这部书给读通了，理解透彻了，于是他就把《易经》推荐给别人，并详细地介绍了这部书的内容。

通过孔子求知的故事，我们可以了解到，“问”是打开知识殿堂的金钥匙，是通向成功之门的铺路石。向别人请教并不是一件丢脸的事情，对知识充满好奇的态度，是一种很好的学习方法。不管你请教的那个人年长年幼，地位高低，只要他确实能给你启发，给你帮助，都可以成为你的老师，都应该向他请教。作为新时代的学生，这种可贵的精神更应该传承下去，不管我们的学识高低，我们都应该持有一种谦虚谦恭的心态，让中华民族的传统美德在我们身上发扬光大。

现代精神医学之父

皮内尔是法国著名的医师，以人道主义态度对待精神病患者的先驱。皮内尔1778年来到巴黎，多年以翻译科学和医学著作，以及教授数学为生，同时开始私下走访被禁闭的精神病患者，并写下了大量的采访文章。1792年，皮内尔被任命为巴黎比赛特尔男性精神病患者收容所的主任医师，从此开始了在精神病学方面的研究。这使他最终成为将精神病学从传统医学中独立分出的先驱。

早在17世纪，巴黎就已经出现了精神病患者的收容所，收容所的生活条件是可怕的。那时候，人们认为精神病是由于魔鬼附体，精神病患者几乎是不被当人看待的。他们被关在极其肮脏的地下室里，终年不见阳光，只能睡在稻草堆上，双手还被铐上镣铐。在这样的收容所里，精神病人的死亡率是相当高的。皮内尔认为，精神病是由于受到过重的社会压力和心理压力造成的结果，还有的是由于遗传和生理方面的损伤，并非什

么所谓的“魔鬼附体”。他在担任收容所主任医师期间，首次进行大胆的改革，解开患者的锁链，将病人换到了卫生环境好的地方，同时还改善了他们的饮食。他为患者安排了舒适的房间、可口的食品，还为他们添置了衣物。在他的精心护理下，一些病情轻微的病人最终得以康复出院。1784年，皮内尔担任了硝石库医院院长，对女性精神病患者也实行了同样的改革。

在皮内尔的著作《疾病的哲学分类》中，他详细地记录了自己的医疗体会和经验，认真地区分了各种各样的精神病，并描述了幻觉、退缩等症状，他废除了诸如放血、责打等做法，进而是采用亲切友好的态度对待患者，与之讨论个人问题和安排有目的的活动计划等。

皮内尔的著作开辟了精神病学史上的新纪元，是近代精神病学的奠基石。

JIAOYUTISHI
教育提示

皮内尔是法国精神病学家，他以人道主义态度对待精神病患者，是现代精神医学之父。皮内尔的故事告诉我们，要以发现的眼光看待问题，具备勤奋学习、刻苦钻研的精神。

教育先驱陶行知

1946年7月25日，教育家陶行知不幸逝世。宋庆龄女士亲笔挥毫写了四个大字："万世师表"。中国历史上下五千年，只有孔子被人们称之为"圣人"和"万世师表"，受到历代人们的尊敬。5000年后，陶行知又享受这一殊荣。

陶行知生在旧中国的民主革命时代，但陶行知的视野并没有局限于旧中国，思想更没有停留在民主革命时代。

陶行知第一个提出用知识和科学呼唤农民的觉醒，这样才能改造中国；

第一个提出了要教育下乡的问题，倡导应该用教育来改造乡村落后的经济与思想；

第一个脱下了西装革履，穿上了布衣草鞋，走和工农相结合的道路；

第一个按照中国的实际情况和教育本身的规律，提出了"生活教育"的理论；

第一个从中国的现实出发，创立了“小先生制”，采取“即知即传人”的方法大力普及教育；

第一个创办了试验乡村师范，从教学中提出了“教学做合一”、“手脑相长”等教学原理；

第一个主张废除打骂教育，主张解放儿童的大脑，解放儿童的双手，以民主的方法来教育儿童；

第一个从儿童中选拔幼苗办育才学校，使普修课和特修课紧密相连；

第一个反对苛刻的考试制度，提出要解放儿童的创造力，使中华民族的创造力能够出现在国际舞台上；

第一个提出中国教育现代化的问题。

陶行知共著有500多万字的论著，记录了他一生的战斗历程。

在改革旧教育方面，陶行知大力倡导教授知识和思想品德教育不可分割，大力培养学生德智体美劳的全面发展；提倡手脑并用，大力培养学生的创造能力。

在育才学校里，陶行知要求学生每天都要提出四问：“第一问，我的身体有没有进步？第二问，我的学问有没有进步？第三问，我的工作有没有进步？第四问，我的道德有没有进步？”

想当年，为了改造旧中国的乡村教育，陶行知离开了高等院校，把多年积蓄拿出来创办晓庄师范学校。后来，为了办大众教育，为了争取中华民族的解放事业，长年奔波在各地。

陶行知几乎成了没有家的人，他的四个孩子，开始时依靠亲属照料，后来又托朋友帮忙照顾。

几个孩子都没有就读普通大学，很早就踏入社会，一边自学文化知识，一边参加工作。

陶行知对孩子要求十分严格，从小就教育孩子们背诵于谦赞颂石灰的诗："千锤百炼出深山，烈火焚烧若等闲。粉身碎骨全不怕，只留清白在人间。"

在陶行知的故居前后，除了清清流水与葱葱翠竹以外，没有一处物业，真正履行了他的誓言："捧着一颗心来，不带半根草去。"

陶行知的精神，永驻人间，陶行知的名字，永垂不朽！

JIAOYUTISHI 教育提示

陶行知先生毕生致力于教育事业，对我国教育的现代化作了开创性的贡献。他用他的才华和敬业精神为中华民族的教育事业奋斗终生。同学们要学习陶行知先生努力拼搏、勇往直前、甘于奉献的精神，成为具有创新精神和创新能力的高素质人才。

心别被烧伤

在一次火灾中，一个小男孩被烧成重伤，虽然医院全力抢险脱离了生命危险，但他的下半身还是没有任何知觉。医生悄悄地告诉他的妈妈，这孩子以后只能靠轮椅度日了。

一天，天气十分晴朗，妈妈推着他到院子里呼吸新鲜空气，然后妈妈有事离开了。一股强烈的冲动自男孩的心底涌起：我一定要站起来！他奋力推开轮椅，然后拖着无力的双腿，用双肘在草地上匍匐前进，一步一步地，他终于爬到了篱笆墙边。接着，他用尽全身力气，努力地抓住篱笆墙站了起来，并且试着拉住篱笆墙行走。未走几步，汗水从额头滚滚而下，他停下来喘口气，咬紧牙关又拖着双腿再次出发，直到篱笆墙的尽头。

就这样，每一天男孩都要抓紧篱笆墙练习走路。可一天天过去了，他的双腿仍然没有任何知觉。他不甘心困于轮椅的生活，他握紧拳头告诉自己，未来的日子里，一定要靠自己的双腿来行走。终于，在一个清晨，当他再次拖着无力的双腿紧拉着篱笆行走时，一阵钻心的疼痛从下身传了过来。那一刻，他惊呆了。他一遍又一遍地走着，尽情地享受着别人避之唯恐不及的钻心般的痛楚。

从那以后，男孩的身体恢复得很快。先是能够慢慢地站起来，扶着篱笆走上几步。渐渐地他便可以独立行走了，最后有一天，他竟然在院子里跑了起来。自此，他的生活与一般的男孩子再无两样。到他读大学的时候，他还被选进了田径队。

JIAOYUTISHI

教育提示

小男孩原本被医生认定为以后只能靠轮椅度日，但没想到他在每日的坚持锻炼下，竟然成功地站了起来，甚至成为一名田径队员。相比小男孩的决心和坚持，我们很多人在遇到一点儿苦难和挫折的时候，都会怨天尤人或者觉得心灰意冷，这是多么的讽刺啊。其实挫折并不可怕，可怕的是一个人没有直面挫折的勇气和信心。若你是小男孩，你是否早已经放弃了自己的未来，如果那样，就真如医生所说，一辈子都只能与轮椅为伴了。所以，让我们直面苦难与挫折吧，没有什么是不可战胜的。